GOD OF MANGA
マンガの神様
2
蘇《そ》之《の》一行《かずゆき》
イラスト Ti
PLASTIC ERASER
消しくずがまとまる
まとまる
タイプ
uno
MITSUBISHI

GOD OF MANGA CONTENTS

デザイン★木村デザイン・ラボ

「恋愛」と「マンガ」
どちらを選ぶのか!?
で、でも……
今日一日くらい……
霧生萌黄《きりゅうもえぎ》
マンガが大好きな漫画研究部部長で、伊織の初恋相手。スキンシップ多めな天然娘。
その頃、妹の日芽は………
つづきし…
左右田日芽《そうだひめ》
伊織の妹で、こう見えても中学一年生。ちょっとオバカだが伊織のよき理解者。
つづき…

OEGI KIRYU &
UZURIHA MORIWAKA

新人漫画家・伊織
訪れるピンチ!
今のあなたでは確実に負けますよ
杜《もり》若《わか》楪《ゆずり》葉《は》
ベタなトラブルを巻き起こす〝マンガの神様〟に憑かれている、天才美少女漫画家。

連載を賭けてマンガ対決！
高《こう》良《ら》翔《しょう》太《た》郎《ろう》
恋愛マンガが得意な、大阪出身の「西の高校生漫画家」。道場の跡取りで腕っ節が強い。
左《そ》右《う》田《だ》伊《い》織《おり》
「東の高校生漫画家」と呼ばれる期待の新人。実力はあるが連載を持てないのが悩み。
糸《いと》屑《くず》ほたる
ベテラン少女漫画家。立ち振る舞いは上品だが、年齢のことに触れると態度が豹変する。
女の子と仲良くすることを一切禁止するわ
恋愛マンガの描き方とは？

GOD OF MANGA

GOD OF MANGA

マンガの神様 2

蘇《そ》之《の》一《かず》行《ゆき》
イラスト Tiv

プロローグ

青空に浮き上がった赤い風船が、街路樹《がいろじゅ》の枝に引っかかって止まった。

かろうじて紐《ひも》だけが枝に絡《から》んでいる風船は、ふらふらと頼りなげに揺れており、今にも空高く飛んで行ってしまいそうだ。

「また新しいのをもらってあげるから」

涙目で風船を見上げる幼い少女を、母親が困り顔で慰《なぐさ》める。枝に引っかかっているとはいえ風船は頭上高くにあり、よじ登らなければ触れることも出来ない。当の母親にそんな体力はなかった。

「――ホイッと」

ところが、今にも大声で泣き出しそうになっている少女の前に、遥《はる》か頭上にあったはずの赤い風船が差し出される。

風船を手にするのは細身の少年だった。整った甘いマスク。頭に乗せたキャップからはみ出た黒髪《くろかみ》。カーゴパンツ越しでも分かるスラッと伸びた長い脚《あし》。驚《おどろ》いたことにその少年は、木の幹《みき》を蹴《け》って跳《と》び上《あ》がって風船をキャッチし、悠々《ゆうゆう》と地面に着地してみせたのである。

「もう離したらアカンで？」

「ありがとう！　おにいちゃん！」

身体能力の高さもさることながら、一際《ひときわ》目を引く美少年だ。今の一幕を目撃《もくげき》していた周《まわ》りの女性たちが目をハートマークにしている。

少女の母親までも目をトロンとさせているくらいだ。

「あの、すんません。ちょっと道を教えていただきたいんですが」

少年は、そんな母親に目的の場所への道順を聞く。颯爽《さっそう》と娘の風船を取ってくれた恩人で、しかも美少年だったこともあり、母親は丁寧すぎるほど熱心に道順を説明した。

「おおきに。助かります」

「君、関西の方よね？」

問われた少年は、愛想よく頷《うなず》いて返す。

「ええ、そうです。ついさっき、大阪から新幹線で来たとこです」

「わざわざ東京の出版社に何をしに行くの？　見た感じ、まだ高校生くらいだけど」

「ああ、もちろん、マンガの打ち合わせです」

目的地の出版社があるという方角を見つめながら、少年は笑みを浮かべた。

「――ボク、漫画家《まんがか》なんですよ」

第一章　西の高校生漫画家

高校生漫画家《こうこうせいまんがか》・左右田伊織《そうだいおり》は、学校が休みの週末でもほぼ外出している。世間的に漫画家という職業《しょくぎょう》は引きこもっているイメージがあるかもしれないが、彼の場合は外に出ることの方が多い。目的は、高校生らしく友人と遊びに行ったり、マンガのアイディア収集に繰《く》り出《だ》すためだ。家にジッとしているだけでは、名作なんて生み出せないというのが持論である。

あと、休日に出かけるとしたら『週刊少年ライン』の編集との打ち合わせがある。

6月中旬の日曜日、伊織の今日《きょう》の予定はそれだ。

梅雨《つゆ》の合間の晴れ空の下、伊織は自宅で昼食を取ってから家を出る。いつもどおり担当の美《み》野里川《のりかわ》との約束であるが、「大事な打ち合わせがある」とだけ告げられての呼び出しだったので、詳細は不明。

編集部のある出版社のビルは、自宅から離れた都内だ。なので、電車を使っての移動となる。その際、編集部持ちで領収書を切ってもらえるし、交通費が向こう持ちなのはかなり有難《ありがた》い。マンガの新人賞で得た賞金や、マンガの原稿料《げんこうりょう》は両親が管理しており、自由に使うことが出来ないので、なるべく出費は抑えられるところで抑えていきたいのである。

担当の美野里川とは【サウザウンド・レッド】で『ライン』の大賞を受賞して以来の付き合いだ。当時、受賞の報告を家に電話してきたのも美野里川だった。最初に電話を取ったのは伊織の母親で、何か怪しいオッサンから掛かってきたと言われて代わってみれば、待ち望んでいた最高の知らせだった。涙目になっていく伊織から母親が電話を奪い取り、「息子をたぶらかさないで！」とキレてややこしいことになったのが、昨日《きのう》のことのように思い出せる。

今日は編集部まで直接来て欲しいと電話で言われたので、都内の一等地に建てられた大きなビルの前までやってきた。新人賞受賞後、初めて挨拶《あいさつ》に訪れた時には物怖《ものお》じしたが、今ではもう慣れたものだ。

日曜日のため、ビルの正面ゲートは閉まっており、裏口の守衛《しゅえい》のところまで行き来客用のカードを受け取る。カードをかざすと電子ロックが開くので、それで上の階へと進んでいく。

「あら～、来てくれたのね、伊織ちゃ～ん」

編集部に入るや否《いな》や、美野里川が出迎えてくれた。オネエ言葉とのギャップが酷《ひど》いが、見た目は普通の中年のオッサンである。仕事はよく出来るし、性格も温和で凄《すご》くいい人なのだが、この口調だけは未《いま》だに慣れない。

ぐるっと見回すと広い編集部内には、今、数人しか人がいない。平日ならデスクが埋まっているのだろうが、伊織が来るのは決まって土日なのでいつもこんな感じだ。

「美野里川《みのりかわ》さん、それで大事な打ち合わせとは？　連載《れんさい》ですか？」

「もう～。相変わらず伊織《いおり》ちゃんはそればっかりねえ～」

「連載ですか？」はプロデビューして以後、すっかり口癖《くちぐせ》となった。

『週刊少年ライン』誌上で、憧《あこが》れであり最大のライバルでもある天才漫画家《てんさいまんがか》・杜若王子郎《もりわかおうじろう》と戦う。それが伊織のデビュー前からの、そして現在進行形の夢だからである。

連載に拘《こだわ》るあまり、一時スランプに陥《おちい》ったり、面白いマンガが何なのか見失ったりもしたのだが、今はもう大丈夫だ。

学校では漫研《まんけん》に所属し、最高の作品を目指し仲間たちと共にマンガを描いている。それと平行して、プロの漫画家としての仕事もとことん頑張ると決めた。まだ一人の力では【学園戦国ミネルヴァ】のような『感情』の乗った長編原稿は描けないが、近いうちに絶対に『週刊少年ライン』の連載作家になってやるのだと、そう誓いを新たにしている。

しかしどうしたことだろう、美野里川はいつもなら「連載はもうちょっと待って」とうんざりするはずなのだが、今日《きょう》は妙に嬉《うれ》しそうな顔をしている。

「ふふっ、実はそうなのよ、伊織ちゃん。なーんと、今日来てもらったのは、連載についての打ち合わせのためなのよん」

「はぁ……。まあ、そんなところだと思――」

伊織は口を開けたまま一時停止する。それが聞き違いでないことを理解すると、

「ほ、ほほほほ、本当ですか⁉　連載って、あの連載ですかッ⁉」

一転して、とんでもない食いつきを見せてきたので、美野里川が少したじろいだ。

「え、え〜っとね、まだ決定ってわけじゃないわよ？　詳《くわ》しくはこれから編集長からお話があるそうなの」

途端、伊織の表情が強張《こわば》った。

「……編集長から、ですか？」

「そうよ。あの勅使河原《てしがわら》編集長から、直接ね」

——『週刊少年ライン』編集長・勅使河原。

その名を聞くと、伊織の中でどうしても緊張《きんちょう》が走ってしまう。

理由としてはまず、勅使河原編集長と直接喋《しゃべ》ったのは数えるほどしかないし、どういう人なのかあまり分かっていないからだ。

次に、見た目がかなり怖い。１８０センチは余裕で超《こ》えている長身。常に黒いサングラスで目元を隠している怪しい風貌《ふうぼう》。パッと見の雰囲気だけでいえば、人を2桁《けた》くらい殺していそうだ。少しでも怒らせればヤバイことになる、そんな感じの人である。

そして何よりも、今まで伊織の連載を頑として許してこなかった張本人こそが、勅使河原編集長なのだ。担当の美野里川や読者の多くが伊織の連載を望んでいるが、彼は連載会議《かいぎ》のたびに首を横に振り続けている。

つまり、勅使河原《てしがわら》は『ライン』で杜若王子郎《もりわかおうじろう》と戦う前にそびえ立つ大きな壁《かべ》といえるだろう。

「編集長は、あっちの会議室《かいぎしつ》で待ってらっしゃるから、行ってあげてちょうだい」

美野里川《みのりかわ》は『小会議室』と書かれたプレートの部屋を顎《あご》で示す。

「あの、美野里川さんは？」

「アタシはちょっち別件があってね。悪いんだけどよろしくねん」

それだけ言い残し、美野里川はさっさと自分の席へと戻り、忙しそうにノートパソコンを操《そう》作《さ》し出《だ》した。もう声すら掛けづらい雰囲気である。

ということは、個室であの勅使河原と二人っきりということになる。

まさか「イヤです！　帰ります！」とも言えないので、伊織《いおり》は潔《いさぎよ》く小会議室の前に立った。

それに、連載《れんさい》の打ち合わせと聞いておいてこのまま帰るわけもない。

深呼吸を入れてからノック、続けて「失礼します」という声を掛け、ドアをゆっくりと開く。

「……いつもお世話になります。勅使河原編集長」

室内の真ん中に置かれた縦長《たてなが》のテーブル。上座に当たる一番奥に、勅使河原はドンと存在感を出して座っていた。やはりというべきか、漆黒《しっこく》のサングラスを掛けており、表情は摑《つか》みづらい。彼の放つ威圧感は、マフィアのボスの持つそれだ。

「やあ、今日《きょう》は来てくれてありがとう、左右田《そうだ》先生」

見た目どおりの低い渋い声を発す。

勅使河原は伊織のことを『左右田先生』と呼ぶ。そこに関していえば、好意を寄せている。伊織的には、先生と呼ばれるのは結構気分が良い。

しかし、何とも意外な展開である。

「………」

伊織は『それ』にチラチラと目線を送る。

――小会議室の机には、勅使河原とは別に、もう一人座っている人間がいたのだ。

伊織には見覚えのない人物である。

「左右田先生、とりあえず掛けてもらえるかな」

伊織は、勅使河原に促され、椅子《いす》に着く。

「……あの、この子は？」

テーブル越しに座るその人物を一瞥《いちべつ》し、伊織は勅使河原に尋《たず》ねた。

目の前にいるのは、キャップを目深《まぶか》に被《かぶ》った少年だった。髪《かみ》は少し長めで耳元が隠れている。俯《うつむ》いて座っているので顔はよく見えない。薄手《うすで》のジャージの前を開けて上に羽織《はお》っている。シルエットは細身。伊織と同い年くらいだし、編集者にしては若すぎるように思う。

「ああ、紹介しないとね。彼は――」

「――キミが『東の左右田』か？」

少年は、勅使河原の言葉を遮《さえぎ》った。

あまりに不意なことだったので、伊織《いおり》はそれに対して何も反応が出来なかった。

「キミが左右田《そうだ》伊織かって聞いてるんやけど」

少年はもう一度伊織に尋《たず》ねる。

一瞬《いっしゅん》、気が動転したが、伊織はすぐにいつもの落ち着きを取り戻してから口を開く。

「ああ、そうだけど」

「ふーん。なんや、思ったよりめっちゃ普通やね」

バカにしたような言い方だったので、伊織は内心イラつく。

「……君はなんなんだい？」

「ボク？　ボクの名前は、高良翔太郎《こうらしょうたろう》や」

キャップのツバを上げて、顔をはっきり見せてから少年——翔太郎は言った。

整った目鼻立ち。中性的な顔と声なので、もしも女の格好をしていたら女性と間違えていたかもしれない。かなりの美少年と言っていいだろう。

「ボクはキミと同じ『高校生漫画家《こうこうせいまんがか》』や」

「何？」

こうして『ライン』の編集部にいるのだ、漫画家だとしてもおかしくはないが、伊織は思わず驚《おどろ》きの声を上げてしまう。

「キミも【不破門峠《ふわもんとうげ》の無法者《デスペラード》】って聞いたことあるやろ？」

もちろん知っている。この前『週刊少年ライン』本誌に載《の》った読みきりマンガのタイトルだ。中華風《ちゅうかふう》の世界観《せかいかん》で、絶対に突破を許さない拳法使《けんぽうつか》いの門番に、腕に覚えのある無法者《むほうもの》たちが次々に闘《たたか》いを挑むという内容である。

見どころのバトルシーンの迫力は凄《すご》かったし、登場する無法者たち一人ひとりにドラマが用意されており、限られたページ数でそれらを上手《うま》く魅《み》せていた。

ここ最近読んだ『ライン』の読みきりの中でも、特に面白い作品だったのでよく覚えている。

「あれ描いたんな、このボクなんよ」

「……なるほど。聞いたことのある名前だとは思ったが、それじゃあ君が……」

「そう。ボクが『西の高校生漫画家』高良翔太郎や」

翔太郎は、ニヤリと今日《きょう》初めて笑った。

高良翔太郎は、マンガ【不破門峠《ふわもんとうげ》の無法者《デスペラード》】でデビューを果たしたばかりの新人漫画家だ。伊織と違って新人賞でのデビューではなく、編集長の勅使河原《てしがわら》が拾ってきた作家である。

そのデビュー作と共に載せられたプロフィールには、はっきりと『16歳《さい》・高校生』の記述があった。

出身地は大阪とも。

以来、『東の天才高校生漫画家・左右田伊織』に対して、『西の天才高校生漫画家・高良翔太郎』などと呼ばれて話題になっている。

——奇《く》しくもそれは、伊織《いおり》があの杜若楪葉《もりわかゆずりは》と出会ってからすぐのことである。

「あれ、オモロかったやろ？」

「まあ、デビュー作にしてはよく出来ていたんじゃないか。最後に無法者《むほうもの》の一人が門番を受け継ぐというオチも悪くなかった。ただ、僕にはあの程度の展開読めたし、そこまで驚《おどろ》きはしなかったが」

「なんやねん、素直に褒《ほ》めろや。あまりにオモロかったもんやから、悔しかったんか？」

「ん？　あの程度で自信たっぷりっていうのもどうなのかな？　君の底が見えるぞ」

伊織の挑発的な物言いに、翔太郎《しょうたろう》は気を悪そうに舌打ちする。

「……言っとくけど、あのマンガなあ。あの杜若王子郎《おうじろう》に勝ったんやぞ」

「なんだと？」

その発言に対して、伊織の眉間《みけん》にしわが寄る。

「あの号の『ライン』のアンケートで、杜若王子郎の【スタプリ】の上を行ったんや」

「ふん、雑誌のアンケートで票が多かったくらいでなんだ？　僕だってアンケートでは上を行ったことはあるよ」

「読みきりは票が入りやすいとか、そう言いたいんやろ？　まあ、そういう考え方も出来るわな……。けど、連載《れんさい》で勝負しても、ボクは負けへんよ」

「……は？」

「ボクからしたら、杜若王子郎なんて問題にならん言うとんねん」

「連載をしたこともないやつが何を偉そうに。ゆず……王子郎先生は君のようなやつには負けないよ」

「ふーん、なんやえらい肩持つな？　あれか、お前も王子郎信者か。くっだらんわ……」

「尊敬はしているよ。ただ、いずれは超《こ》えてやるつもりさ。杜若王子郎はこの僕が倒す」

「『いずれ』、か。ボクは『もう』超えてる思とるよ。まあ、その自信の差からして、キミはボクより劣ってるってことやなあ」

「ほう。試してみるか？」

二人はほぼ同時にガタンと椅子《いす》から立ち上がった。

そして、机を挟んで激《はげ》しくガンを飛ばし合う。

一触即発。

もしもマンガならば、二人の間にはバチバチと火花が走っていることだろう。

と、その時、パンパンッという手拍子の音が会議室《かいぎしつ》内に鳴った。先ほどからずっと黙っていた勅使河原《てしがわら》が、二人を止める意味で手を叩《たた》いたのだ。

「さあて、二人とも。これできちんと挨拶《あいさつ》は済んだようだな」

殴り合いでも始まってもおかしくない雰囲気だというのに、そんなノンキな言い方である。

「今日《きょう》、こうして君たちに集まってもらったのは他でもない。左右田《そうだ》伊織先生。高良《こうら》翔太郎先生。二人にお互いを紹介するためなんだよ」

「どういうことです、編集長？　そもそもボクは、今日《きょう》、連載《れんさい》の打ち合わせがあるって聞いてわざわざ来たんやけど？」

「僕もさっき外で美野里川《みのりかわ》さんからそう聞きましたが」

「ああ、そうだ。連載の打ち合わせだよ」

勅使河原《てしがわら》は机に両肘《りょうひじ》を突き、顔の前で両手を組んでいる。その姿勢で目だけ動かし、両サイドにいる立ったままの二人を順に見た。傍《はた》からはサングラスで眼球の動きは分からなかったが。

「――戦って勝った方に『ライン』での連載をさせるという打ち合わせだ」

伊織《いおり》と翔太郎《しょうたろう》は同時に目を見開く。

「もちろん、今から取っ組み合いのケンカをしろという話ではない。それぞれ作品を1本ずつ描いてもらう。それを『ライン』の本誌に載《の》せ、読者にどちらがより面白かったか判断してもらうという勝負だ。勝利した者の新作を、秋の新連載陣の中に組み込むかたちになる」

「ほ、本当ですか……？」

伊織は信じられないといった声色だ。

「ああ。男に二言《に》は無い。勝った者には必ず連載させてやる」

勅使河原のサングラスがキラリと光った気がした。

「…………っ！」

伊織は目頭に熱いものを感じた。

今までずっと雲を摑《つか》むようなものだった。1年以上、ただ連載に向けひたすら作品を描くとしか出来なかった。そうしたからといって、連載が出来るという保証など一つもなかった。

しかし今回は違う。どうすれば連載が出来るのか、はっきりと条件の提示がされたのだ。

翔太郎の方も『週刊少年ライン』での連載は夢だったのであろう、武者震《むしゃぶる》いを隠せていない。

「君ら二人が日頃《ひごろ》からずっと、連載をさせろとあまりにしつこいものだからね。正直言って、まだ早いとは思っているよ。だが、その熱意を無視するのもどうかと思って決断した次第だ。全力で競い合うことで成長した君たちになら、連載を任せてみても良いのでは、とね」

勅使河原は一拍置いてから、

「どうだい？　やってみるかね？」

もう一度、二人の高校生漫画家《こうこうせいまんがか》を順に見て、確認する。

すぐに翔太郎は机に両手をバンッと置いた。

「当たり前ですやん！　受けて立ちましょ！」

「僕もです……！」

夢を追う二人の若者の熱い眼差《まなざ》しを見て、勅使河原は口元を少し緩《ゆる》めた。

「よし。じゃあ決まりだな」

勅使河原は椅子《いす》から立ち上がり、自分の真後ろにあるホワイトボードに文字を書き出し、説明を始める。

「来月の『強化週間』で、誌面に空きが二つある。そこに君たちの読みきりを載《の》せる」

『週刊少年ライン』では、季節ごとに『春の強化週間』や『夏の強化週間』と呼ばれる企画が開催される。その週については、作家たちはあらかじめ決められたテーマに沿った内容の話をなるべく掲載《けいさい》するようにするのだ。

『野球』『サッカー』とかいうスポーツの指定もあれば、季節に沿った『花見』『バレンタインデー』とかいう指定もある。

連載作家もよほど話の齟齬《そご》が出ない限りは、そのテーマに準じる話を描くようにする。たとえば日常ギャグものなら単発で組み込めるだろうし、【スタプリ】のような話の流れがあるストーリーものなら免除される。

ただし、その週に載せられる読みきりについては、確実にテーマを守らなければいけない。

そして、ホワイトボードに書かれた二人の勝負の具体的な概要は、次のとおりだった——。

1、勝負用のマンガのジャンルは『強化週間』に沿った内容とし、統一のものとする。

2、読者にはあらかじめ勝負だとは告知せず、同じ号に作品を載せる。

3、その号の読者アンケートで、より多く票を取った高校生《こうこうせい》漫画《まんが》家《か》に必ず連載をさせる。

少年ライジン
8月号
Star☆PrincesS
戦いはつづくー

「——以上。不服はないかね？」

ホワイトボードを背中に、勅使河原《てしがわら》は椅子《いす》に座る伊織《いおり》と翔太郎《しょうたろう》を見下ろす。

「ええルールや思いますよ。変に勝負のアンケートや言うてしまうよりは、読者も純粋な気持ちで票入れてくれるやろしね。ジャンルも統一した方が公平やし、お互いの実力をはっきり比べられるから、ちょうどええです」

翔太郎と同意見だったので、伊織は頷《うなず》く。

伊織の方がデビューは早く、作品も多く発表しているし、既《すで》に『ライン』で一定数のファンを獲得《かくとく》している。連載を賭《か》けた勝負だと告知してアンケートを取れば、内容関係なくそのファンからの票を得てしまい、そうなれば有利にことが進んでしまうだろう。それは伊織のプライドに反するし、可能な限りは、公平な条件下で勝負をしたいのだ。

「それで編集長。今度の『強化週間』のテーマはもう決まっているのですか？」

そう、唯一《ゆいいつ》気にすべき部分はそこだけだろう。それによって、今回描くマンガのジャンルが決められてくるわけなのだから。

その伊織の質問に対し、勅使河原はゆっくりと口を開いて答える。

「ああ、大分前から決めているよ。連載陣には2ヶ月前には伝えてある。それでは発表しよう。今回の『強化週間』のテーマは——」

小会議室《しょうかいぎしつ》を出てからも、伊織と翔太郎は睨《にら》み合《あ》っている。二人にとってはもう戦いの火蓋《ひぶた》は切られたのだ、お互いに戦意を剥《む》き出《だ》しにしているのである。

「今のうちにせいぜい考えときや。負けた時の言い訳をな」

「ああ、そうだね。代わりに考えておいてやるよ。君が僕に負けた時の言い訳の台詞《せりふ》をね」

もしもこれがマンガなら、二人の背景には虎《とら》と竜《りゅう》の絵が浮かび上がっていることだろう。

「それくらいでもういいかな？」

勅使河原が間に割って入り収拾される。この厳《いか》つい長身に止められれば、ケンカの続行なんて不可能である。

「左右田《そうだ》先生。私はこれから高良《こうら》先生と野暮用《やぼよう》があるので、これでおいとまさせてもらうよ。また美野里川《みのりかわ》の方から連絡をさせる。それでは」

翔太郎は勅使河原と共に行ってしまったので、小会議室の前には伊織一人が残された。

「……ふぅ……」

ずっと気を張っていたこともあり、一時、肩の力を抜く。

そして、天井を見つめながらこれからのことを考え始める。会議室で勅使河原から発表されたテーマの作品を考えなければいけないし、締《し》め切《き》りまで時間もあまりない。勝負の作品が載《の》る『ライン』の号が発売されるのは7月の最終週。今は6月の中旬なのだから、その締め切りはというと3週間ほどしかないのである。モタモタしてはいられない。

（ふん、高良《こうら》翔太《しょうた》郎《ろう》め……）

なんとも生意気だし気に食わないやつであった。有名な『ライン』でデビューが出来てバカな勘違いをしてしまっているのだろう。ああいう調子に乗ったやつにだけは絶対に負けたくない。必ず鼻を明かしてやる。

——それに何より杜若王子《もりわかおうじ》郎《ろう》を軽んじたことが許せない。

「大変なことになりましたね、伊織《いおり》くん」

不機嫌《ふきげん》そうに眉間《みけん》にしわを寄せる伊織に、少女が声を掛けてきた。

振り返ってみると見知った顔だったのでホッとし、伊織は強張《こわば》った表情を崩《くず》す。

「ああ、楪葉《ゆずりは》か。そうなんだよ、これから帰って早速原稿《げんこう》を——」

次に伊織は、間の抜けた表情でその少女を二度見した。

サラサラの黒髪《くろかみ》。白い透き通った肌。パッチリとした瞳《ひとみ》に、瑞々《みずみず》しい唇。マンガにそのまま登場してもおかしくない美少女。

「むぅ？　伊織くん、どうかしました？」

さらにもう一度じっくりと上から下まで眺めてみる。

どこからどう見ても、どの角度から見ても、杜若楪葉だった。今日《きょう》の服装は水色のチュニックと膝丈《ひざたけ》のショートパンツ。いつものベレー帽《ぼう》を被《かぶ》り、きょとんとした顔で伊織を見ながら首を傾《かし》げている。

「い、いや、待て！　なんで君がここにいるんだよ⁉」

この場所にいるはずのない人間が目の前に現れたのだ、こうやって大げさに驚《おどろ》きだってする。

「え？　そりゃあ私も『ライン』の作家ですし、編集部くらい来ますよ。なにおかしなことを言ってるんですか？」

「おかしいのは君の方だろ！　君の『正体』は編集部の人間にも秘密なんじゃないのか⁉」

「ええ。秘密ですよ。ですので誰《だれ》にも言わないで下さいね」

「何を考えているんだ⁉　だったらこんなところにいちゃ――」

「伊織ちゃん、お疲れさま～」

「げっ⁉」

美野里川《みのりかわ》が手を振りながらこちらに歩いてくる。部外者の彼女を見られたら非常にマズイので、伊織は楪葉を背中に隠そうとワタワタするのだが、時既《すで》に遅し。

「あら……？　そちらは……」

「ち、違うんです、美野里川さん！　この子は！」

「なんだ～、楪葉ちゃんじゃないの～。もう、来てるなら声くらい掛けてよね。にしても、今日も可愛《かわい》いわねえ。惚《ほ》れ惚《ぼ》れしちゃうわ」

楪葉はばつが悪そうな顔で前に出て、美野里川に会釈《えしゃく》して応《こた》えた。それから美野里川が「可愛い！　可愛い！」と褒《ほ》め殺《ごろ》しにしてくるので、楪葉は恥ずかしげに俯《うつむ》いてしまっている。

ていうことだろう、伊織《いおり》の心配をよそに、二人は当然のようにコミュニケーションを取っているようだが。

「あ、あの美野里川《みのりかわ》さん。彼女のこと知っているんですか？」

「あら当然よ。編集長の娘さんの楪葉《ゆずりは》ちゃんよ」

「え？」

「編集長、お忙しくてなかなか家に帰れないから、楪葉ちゃんの方からこうやって顔を見せに来てるのよ。編集長のご家族ってことで、特別に出入り自由ってわけ」

伊織はすぐに察した。

楪葉本人から聞いた話だが、編集部内においては、父親と旧友だった勅使河原《てしがわら》編集長にだけは彼女の『正体』を明かしている。

——楪葉こそが『週刊少年ライン』の看板漫画家《かんばんまんがか》にして、デビュー35年を超《こ》える大御所《おおごしょ》・杜若王子郎《もりわかおうじろう》だということをだ。

現在連載《れんさい》中の【スタプリ】の打ち合わせもあるし、他の人間には知られないようにしながら勅使河原とコンタクトを取り合う必要がある。だから、美野里川たちには都合がいいのでそういう『設定』にしてしまったのだろう。

「なーに？　もしかして伊織ちゃんったら、楪葉ちゃんがあんまり可愛《かわい》いもんだから声掛けちゃって、そのまま口説《くど》こうとでもしてたのぉ？」

「バッ!? 違いますよ！」

「もう、慌《あわ》てちゃって～。いくらお年頃《としごろ》でも、そういうおいたは、ダ・メ・よ」

それからひとしきり伊織をからかったあと、美野里川は本題に入る。

「あのさあ、伊織ちゃん。悪いんだけどね、アタシはまたこれから別件で打ち合わせがあるのよ。編集長から色々お話があったと思うけど、連載に向けての原稿《げんこう》の話は、今夜、電話でさせてね」

美野里川は簡単《かんたん》に今後のスケジュールを伝えると、またさっさと自分のデスクへ戻ろうとする。彼は他にも担当として連載作家を複数人抱えているのでかなり忙しいのだ。仕事がよく出来る故《ゆえ》、どうしてもその身に多く回ってくるのであろう。

「楪葉ちゃんもまたね。今度近くの美味《おい》しいパフェでも御馳走《ごちそう》したげるわ。良かったら伊織ちゃん、楪葉ちゃんのこと送っていってあげてよ。あ、一応言っとくけど、編集長に怒られるから、その子に変なことしちゃダメだからね☆」

「しませんよ！」

伊織は楪葉と共に、編集部のあるビルから外へと出た。帰りは同じ路線の電車に乗るので、一緒に駅へと向かう。

日曜日のビジネス街《がい》を、二人の高校生が並んで歩く。

打ち合わせの行き帰り、伊織《いおり》にとっては何度も通った道なのだが、今日《きょう》は妙に新鮮に感じる。

その原因たる、隣《となり》を歩く美少女にチラリと目線を送ってみる。

「それにしても、伊織くん——」

すると、ちょうど少女の方もこちらを見てきたので目が合う。吸い込まれそうになる綺麗《きれい》な瞳《ひとみ》である。

「——『同じ天才高校生漫画家《てんさいこうこうせいまんがか》が登場』してしまいましたね」

楪葉《ゆずりは》はどこか含みのある言い方をしてきた。

「ん？　ああ、さっきの会議室《かいぎしつ》でのやりとり、全部覗《のぞ》いていたんだな。だったら話が早い。そういうことだよ」

「おまけに対決だなんて凄《すご》いですね。『東の高校生漫画家VS西の高校生漫画家』ですよ。もうこれまるっきりマンガみたいじゃないですか」

「ふん。いつものように『マンガの神様』の仕業《しわざ》だとでも言いたいのかい？」

楪葉は返答しなかったが、そういうことなのだろう。


——『マンガの神様』。

この少女を長年苦しめている存在。いや、現象というべきか。

楪葉の周《まわ》りでは、マンガのような出来事が容易《たやす》く起こってしまう。そして、その原因は超常的なもの――『マンガの神様』に憑《つ》かれているからだと彼女自身は考えている。

伊織と楪葉は、この4月に運命的な出会いを果たした。学校の廊下の角でぶつかるという、正にマンガのようなベタな出会い方である。

その後、伊織は強盗に縛《しば》られた楪葉を救出したり、初恋の女の子が転校してきて隣の席になったりと、マンガのような出来事に立て続けに出くわした。楪葉曰《いわ》く、その全《すべ》てが彼女に憑く『マンガの神様』が原因だというのだ。

確かにそれを裏付けるかのように、楪葉自身がマンガのような存在だった。

マンガに出てきてもおかしくない美少女にして、現役女子《げんえきじょし》高校生漫画家《こうこうせいまんがか》。それも、マンガ好きなら知らない者がいないくらい超有名な漫画家・杜若王子郎《もりわかおうじろう》その人なのである。

この『杜若王子郎』というペンネームなのだが、元々は楪葉の祖父の名前であり、世襲《せしゅう》のようなかたちで受け継いだものだ。初代王子郎が亡くなった時は、その息子である楪葉の父が二代目として受け継いだ。そして楪葉の父が急死し、今度は楪葉が引き継いだというわけだ。

まるでマンガのような話だが、当時、楪葉は小学生でありながら、読者の誰《だれ》にも悟られずに父から杜若王子郎を引き継いでみせたのである。

伊織との邂逅《かいこう》から間もなく、楪葉は伊織の初恋の少女・霧生萌黄《きりゅうもえぎ》と知り合った。萌黄は大のマンガ好きだったのですぐに仲良くなり、彼女が創部した漫研《まんけん》に楪葉も入部することになった。

楪葉《ゆずりは》は楽しい時間を共に過ごしていった。

しかし、それを邪魔《じゃま》するように、やはりマンガのような展開が彼女と萌黄《もえぎ》に待ち受けていた。楪葉はそのことを自覚し、萌黄たちを『マンガの神様』のせいで傷つけないために、漫研《まんけん》を去ろうとした。

そんな楪葉のために、伊織《いおり》たち漫研の皆は、1本のマンガを描き上げた。楪葉のことを想《おも》って描き上げた【学園戦国ミネルヴァ】は、最高の作品だった。それほどまでに楪葉のことを皆が大事に想っていることを伊織は告げた。

さらに伊織は、たとえ『マンガの神様』が存在しようとも、それが原因でおかしなトラブルに巻き込まれようとも、楪葉と一緒に居続けることを約束した。

そのことで、楪葉がもう一度友人たちと共に過ごす勇気を持てるようになったのは、ついこの間のことだ。

「……天才高校生漫画家《てんさいこうこうせいまんがか》の前に立ちはだかる、もう一人の天才高校生漫画家、か。なるほど、確かにこいつはマンガのような展開だ」

伊織はそう言いながら、余裕のある表情を浮かべた。

「だが、それが本当に『マンガの神様』の仕業《しわざ》なのだとしたら、感謝《かんしゃ》しないといけないね」

「……え？」

「こうやって僕に連載《れんさい》のチャンスを与えてくれたわけだからね。僕のマンガの実力は間違いないものだが、さすがに運まで味方につけるのは難しいからさ」

勅使河原《てしがわら》編集長は、高良翔太郎《こうらしょうたろう》に勝てば絶対に連載をさせると宣言した。約束を反故《ほご》にする人にも思えない。今までにない最高のチャンス到来だろうし、きっと『同じ高校生漫画家』という分かりやすいライバルが現れたからこそ実現したことである。

「つまり、君のお蔭《かげ》でチャンスが巡ってきたってわけだよ。言っておくが、また変なトラブルに巻き込んでしまったとか、申し訳なく思ったりなんかするなよ。むしろ、この天才の役に立てたことを誇りに思ってくれ」

伊織と楪葉は『ライン』上では相変わらずライバルだが、学校では同じ漫研に所属して時間を共有している。そして、部員たちの間では『杜若王子郎《もりわかおうじろう》』のことや『マンガの神様』のことは二人だけの秘密にしてある。

「言ったはずだよ。君は僕にとって幸運の女神だってね。今回もこうやって僕にチャンスをもたらしてくれたんだからさ」

「伊織くん……」

楪葉はまた、伊織の言葉に少し救われた気持ちになったので、表情を柔らかくした。

「いや、待てよ、これはもはや『チャンス』ではないね。『連載確定』さ。この天才の僕が、あんなやつに負けるはずがないんだからね」

「伊織くん……」

と、今度は可哀相《かわいそう》な人を見る目をしている。

「それ、負けフラグですよ？」

マンガなら確実に負ける側が言う台詞《せりふ》だったので、楪葉《ゆずりは》は呆《あき》れているようである。

伊織《いおり》はそんな楪葉の表情を横目で確認し、咳払《せきばら》いする。

「……大丈夫だよ。確固たる自信の裏付けがある。君は、今回の勝負のために描く作品、その課題ジャンルが何になったのかも聞いていたんだろ？」

「ええ。会議室《かいぎしつ》の外で聞いていましたよ。私は連載作家《れんさいさっか》ですので『強化週間』のテーマも前から知っていますしね」

楪葉は、唇に人差し指の付け根を当てて思い出すようにして答える。

「――『恋愛マンガ』ですね」

あの時、勅使河原《てしがわら》編集長の口から発表されたジャンルがそれだ。

そう、今度の『夏の強化週間』のテーマは『恋愛』である。

時代設定や、現実世界か異世界の話かも問わない。『男女の恋愛』を主題にしたマンガ作品を発表せよ。それが唯一無二《ゆいいつむに》の課題。

「しかし、それほどの自信ということは、伊織くんって恋愛マンガが得意だったんですね。意外です。恋愛の『れ』の字も知らないような人かと思っていました」

「……どういう意味だよ」

　楪葉は真顔と無言で応《こた》える。

「まあいい……。楪葉、勘違いしないで欲しいが、僕は恋愛マンガが特別得意ってわけじゃないぞ」

「え？　だったらどうして自信満々なんですか？」

「僕は天才だからね。『全《すべ》てが得意』ってだけの話さ」

　ドヤ顔の伊織に、楪葉はジト目をぶつけてくる。

「それに、君もやつの【不破《ふわ》門峠《もんとうげ》の無法者《デスペラード》】は読んだんだろ？　男ばかりが出てきて、しかも殺し合いをするというガチガチの硬派《こうは》な内容だった」

「あの、もしかして、そんな人には恋愛マンガなど描けない、とかいう話ですか？」

「そこまでバカにはしていないよ。もちろんやつだって多少なら描けるだろうさ。曲がりなりにも『ライン』の漫画家《まんがか》なんだしね。だが一方、天才の僕はあらゆるジャンルをカバーしているし、死角がないからね。恋愛マンガに関してだって何度も描いている。『ライン』上で発表こそしていないが、妹や美野里川《みのりかわ》さんに見てもらって面白いと何度も評価を得ているんだ。だから負けるはずがないんだよ」

「……むぅ。まあ、確かにそうですね。あなたはあらゆるジャンルについて高水準の作品を執

筆出来ます。それは私も認めるところです。もし、あなたの弱点を挙げるとすれば、ただ一つ、

『長編が苦手』ということでしょう。【学園戦国ミネルヴァ】の制作を通して成長したとはいえ、まだまだ未熟と言わざるを得ません。ですが、今回の勝負は読みきりの短編勝負。その弱点は関係ないですしね」

「ああ。もちろん長編原稿《げんこう》については、今後練習を続けていくが、当面のこの勝負に関しては問題ないわけさ。心配があるとすれば連載《れんさい》が始まってからの方だね。だから、あの高良《こうら》翔太郎《しょうたろう》とかいう三下《さんした》については何の壁《かべ》にもならないし、捨て置いて大丈夫なのさ」

そう言って伊織《いおり》はノンキそうに笑っているが、楪葉《ゆずりは》の方は呆《あき》れたようにため息をついている。

「果たしてそうでしょうか」

急に彼女が立ち止まったので、伊織は振り返って怪訝《けげん》な顔をする。

「そうですね。10段階評価でいえば、あなたは全《すべ》てのジャンルに対して7~8のものを描くことが出来ます。しかしですよ。あなたが『特別得意でない』ものを、向こうが『特別得意』だった場合はどうしますか？」

「……なに？」

楪葉は真剣な声色だ。風で綺麗《きれい》な髪《かみ》がなびいている。

「単純な話ですよね。相手が10のものを用意してきたら負けるってことです。あなたは彼、高良翔太郎くんの他の作品は読んだんですか？」

「おいおい、何を言っているんだ。やつはあのデビュー作しか発表していないんだし、読もうにも無理じゃないか」

「知らないのですか？　彼はＷｅｂ出身の作家なんですよ」

初耳だった。

伊織はここずっと、スランプに陥《おちい》っていたり、【学園戦国ミネルヴァ】の制作に追われていたため、杜若王子郎《もりわかおうじろう》以外の作家に対して興味《きょうみ》を示してこなかった。その間も『ライン』だけは毎週読むようにしていたので、【不破門峠の無法者《ふわもんとうげのデスペラード》】が記憶《きおく》には残っていたが、作者の高良翔太郎のことを詳《くわ》しく調べたりはしなかったのだ。

翔太郎はインターネット上で自身のマンガ作品を発表している。それが勅使河原《てしがわら》編集長の目に留まり、こうして『ライン』に招かれたということらしい。

つまりは、ネットにアクセスさえすれば、翔太郎の他の作品を自由に読むことが可能というわけだ。

「私は彼の作品を全て読みましたよ。全て面白かったです」

「まあ、編集長が目をつけるくらいだからね……」

「彼、色んなジャンルを描いていました。『ライン』に載《の》った【不破門峠の無法者《ふわもんとうげのデスペラード》】のようなバトルマンガもありましたが、その中で最《もっと》も面白かったのは『恋愛マンガ』でした」

「なんだと……？」

楪葉《ゆずりは》の話が本当なら、伊織《いおり》の当ては大きく外れたようだ。

大事な商業デビュー作だからこそ、得意なジャンルのマンガを発表したのだと思い込んでいたのである。

しかし、実際は違う。楪葉が言う翔太郎《しょうたろう》の「10」の作品が、今回勝負する恋愛マンガということになる。

「それだけではありませんよ。そのネットに載《の》っていた恋愛マンガは『長編マンガ』でした」

「ッ!?」

「彼が個人で運営するサイトで掲載《けいさい》している連載マンガです。今のところ『ライン』の単行本で換算すると、大体4巻分くらいの長さでしょうか。現在も不定期ではありますが、連載は続いていきます。引きが素晴らしく、続きが気になって仕方ありません」

楪葉は追い打ちをかけるように、動揺で汗をかく伊織の顔をビシッと指差す。

「つまり翔太郎くんは、伊織くんと違って『面白い長編マンガ』だって描けるんです」

伊織は思い出す。

『——連載をしたこともないやつが何を偉そうに——』

そう伊織が発言した時、翔太郎は不敵に笑っていた。

あんな大口を叩《たた》ける自信の根拠があったのだ。

漫画家《まんがか》・高良《こうら》翔太郎は、漫画家・杜若王子郎《もりわかおうじろう》と『連載マンガで』戦える力を、既《すで》に備えているということなのか。

「はっきり言いましょう。今のあなたでは確実に負けますよ。そう、たとえここで勝ったとしても、連載で生き残れない」

楪葉のその眼《め》は、そしてその発せられる言葉は、『杜若王子郎』としてのものであった。

◆

「――ふっ、文句なく面白い。やはり僕は天才だな」

自分の部屋の作業机に向かい、伊織はニヤリとしながら呟《つぶや》く。

以前から構想を抱いていた恋愛マンガを目の前の原稿《げんこう》に描き出してみたのだが、かなりのモノが出来上がって伊織の顔は満足げである。

あの日、編集部での一件を終えて帰宅するや、自室にこもってマンガの作成に取り組み、僅《わず》か2日ばかりでペン入れからトーン貼《は》りまで全《すべ》て完成させたのだ。

バイオリニストの少年と、余命いくばくもない少女の心の交流を描いた作品だ。ラストシーンの病床のヒロインにバイオリンを演奏する大コマは、涙なしでは見られないだろう。演奏の中、ベッドの上で目を瞑《つむ》り続《つづ》けるヒロインのレイナがどうなったのか、そして恋が成就したか、悲恋となったのか、読者の想像に委《ゆだ》ねる感慨深いラストにしてある。

その完成したばかりの原稿を携《たずさ》えて、伊織は自室からリビングルームに向かう。そこでは妹の日芽《ひめ》がソファーに寝転んでテレビを見ていた。

「日芽、ちょっといいか」

伊織《いおり》が声を掛けると、ごろりと横になっていた日芽がぴょんと跳《は》ね起《お》きて、ツインテールの髪《かみ》を揺らしながら伊織の前まで小走りによって来た。

左右田《そうだ》日芽。伊織の実妹。

現在、中学1年生だが、見た目はランドセルがとても似合いそうな幼女である。

性格の方も子どもっぽく素直で、マンガの手伝いを頼まれると大体応《こた》えてくれるし、たまの無茶ぶりも、口の上手《うま》い伊織の詭弁《きべん》にコロッと騙《だま》されてやってくれる。時に、40ページオーバーの原稿《げんこう》のアシスタントを一晩でやらされたり、マンガの絵の参考にきわどいポーズを小一時間維持させられたりと散々な目に遭《あ》うこともある。

それでも、努力家な兄を尊敬しているし、基本的にはお兄ちゃん大好きっ子なのである。

「なーに、お兄ちゃん?」

「こいつを読んでくれ」

チラリと見せるのは、出来立てホヤホヤの伊織の生原稿だ。

「僕の新作恋愛マンガだ。既《すで》にペンも入れている」

「え⁉　なになに⁉　いきなりお兄ちゃんの完成原稿が読めるの⁉　読む、読む!」

大きな目を輝かせながら伊織の原稿を受け取った日芽は、リビングのテーブルに広げて楽しげに読み始める。その姿はおもちゃを与えられて嬉《うれ》しそうに尻尾《しっぽ》を振る子犬を想像させた。

伊織にとって妹の日芽は、最《もっと》も身近な読者だ。これまでも完成させた原稿はまず日芽に読ませている。編集の美野里川《みのりかわ》のように分析的なアドバイスは期待出来ないが、感情豊かな日芽のリアクションは、一般読者の反応を予想するいい参考となる。

今回の作品も伊織にとって自信作といっていい出来だったが、その自信は日芽のリアクションで確信となった。


「うきゃあああああああああぁぁぁぁッ！」


部屋中にこだまする歓喜の声。日芽は頬《ほお》を紅潮《こうちょう》させながらページを読み進めていく。

「なにこれすごい！　すごいよぉお兄ちゃあぁぁぁぁぁあああぁぁん！」

さすがの反応だ。激《はげ》しい動作で次々と原稿のページをめくっていく。

「あああああああッ！　もうダメェ！　わたし、お兄ちゃんのマンガなしじゃ生きられないよぉぉぉッ！」

最終ページを読み終えた日芽は、涙と鼻水で顔をぐしゃぐしゃにしている。

これも想定通りの反応である。

「う、うう……。あんまりだよ……。ううう……。うわあああああぁぁぁぁん！　レイナちゃん生きてよおおおおおおおッ！」

それから散々泣き散らしたあと、日芽《ひめ》はソファーに倒れ込み、衣服を乱れさせながら官能的な吐息を漏《も》らしている。

「はあはあ……。お兄ちゃんの相変わらずしゅごかったよぉ……」

伊織《いおり》のマンガの破壊力《はかいりょく》に相当消耗したらしい、ソファーの上でぐったりとしている。

と、思いきや、

「やだやだ！　満足できないよ！　もっとほしいよ！　お兄ちゃんのもっとほしいよッ！」

勢いよくソファーから起き上がった日芽は、伊織の胸にすがりついて涙目で訴えてくる。どうやらまだ体力は有り余っているようだ。

「……そうか、なら、ちょうどいい。日芽、僕のあとについて来い」

「うん！　お兄ちゃんのマンガが読めるならどこにでも行くよ！　何だってするよ！」

伊織はもの欲しそうな顔をしている日芽を見下ろしながら、あることを考えていた。

（こいつで試してみるか……）

ウキウキ顔の日芽を引き連れて自室に戻る。

部屋に入るとすぐに伊織は、作業机に置いていたノートパソコンを指差した。

「日芽、黙ってそのパソコン画面のマンガを読むんだ」

日芽は示されたパソコンのディスプレイを眺める。

そこに表示されているのはWebマンガのようだ。タッチの差からして伊織の絵でないのはすぐに分かった。

「なにこれ、ネットのマンガ？　うーん、あんまり興味《きょうみ》ないかなあ。大体、わたしはお兄ちゃんのマンガ一筋なんだからね！」

日芽はぷくっと頬《ほお》を膨《ふく》らませる。意に反する展開にご機嫌《きげん》ななめの様子だ。

「いいから読んでみろって」

「もう、しょうがないなあ……」

日芽は面倒くさそうにノートパソコンに繋《つな》がったマウスをクリックしていく。

「うひゃあああああああああああああああっ！」

それから日芽は、キンキン声で叫びながら力強くクリックをして、次ページに画面を変えていく。まるでネトゲ廃人《はいじん》のように、鬼気迫るほどの勢いでクリックを続ける。

画面の中身に釘《くぎ》づけになりながら、

「うへえええええええ！」「どひゃあああああああ！」「ぬぐおおおおおおおおお！」

何度も何度も大げさなリアクションを取る。

これは先ほどの反応と同等——いや、それ以上かもしれない。

「……よし、日芽《ひめ》、そこまでだ」

『第1話』を読み終えたのを確認すると、伊織《いおり》は日芽からマウスを取り上げた。

「ええッ!? どうして!? 『つづく』ってかいてあるじゃん!? 読ませてよ! 続き読ませてよ! ねえ、ちょうだい! 続きちょうだぁい!」

「さっき読んだお兄ちゃんのと、今読んだマンガと、どっちが良かった?」

「あんなのどうでもいいよ! それより今のマンガの続き読ませてよぉ!」

日芽はマウスのコードを引っこ抜き、ノートパソコン本体を担《かつ》ぎ上《あ》げ、それを床に置いてそのままむしゃぶりつくようにして画面に夢中になる。

そんな日芽の背中を見下ろしながら、伊織は歯を食いしばる。

「……くそっ……」

なるほど、これが『高良《こうら》翔《しょうた》太郎《ろう》の恋愛マンガ』の力というわけか。

そう、今、日芽が危ない中毒患者のように読んでいるマンガこそが、西の高校生漫画《こうこうせいまんが》家《か》・高良翔太郎の作品である。

伊織自身、楪葉《ゆずりは》に言われて帰宅後すぐに読んでみたのだが、衝撃《しょうげき》を覚えた。

タイトルは【UTSUSEMI《うつせみ》】。

舞台は戦国時代。主人公は大名お抱えの凄腕《すごうで》の忍者。同じ里のくノ一や、大名の娘である姫君との禁断の恋と苦難を描く。

普通の忍者ものならバトルに主眼をおくところを、この作品は必要最低限の合戦描写のみにとどまり、とことん男女の恋愛模様に焦点を当てている。

圧倒的な完成度。キャラクターの心理描写の巧《たく》みさ。読者へのメッセージ性。

――認めたくはなかった。

しかし、試しにとこうやって日芽《ひめ》で確認したが、リアクションの差からして歴然。

自分自身でも、薄々《うすうす》と気づいてはいたが、こんなものを見せられては認めるほかない。

――完全敗北だ。

「くそおおおおおおおおぉぉぉぉぉぉぉッ！」

「お兄ちゃんうるさい！　マンガ読むのに邪魔《じゃま》！」

妹につまみだされ、伊織《いおり》は自分の部屋から追いやられた。

バタンとドアが勢いよく閉められ、中からはまた日芽の叫び声が聞こえてくる。

(なんだよ、あいつ……。僕のマンガがないと生きていけないとか言ってたくせに……)

ふてくされた顔で伊織は廊下に座り込んだ。

「………」

それにしてもとんでもないマンガだ。

伊織は改めて【UTSUSEMI《うつせみ》】のことを思い返す。

1話目だけでも完結している内容だった。読みきりとして提出することも出来るだろう。いや、さすがにそのまま持ってくることはないし、きっとあれよりももっと面白い新作を用意してくるに違いない。

はっきりしたのは、漫画家《まんがか》・高良翔太郎《こうらしょうたろう》は、恋愛マンガが得意だということだ。

疑っていたわけではないが、楪葉《ゆずりは》の言うことが正しかったと証明された。

――だが、そうなってくると疑問が残る。

何故《なぜ》翔太郎は、あえて得意ジャンルをデビュー作で出してこなかったのだ。『ライン』に掲《けい》載《さい》された【不破門峠《ふわもんとうげ》の無法者《デスペラード》】は、恋愛とはほど遠い作品だった。

（……まさか、僕は当て馬にされたのでは？）

伊織の頭の中で嫌な想像が膨《ふく》らんでいく。

もしかしたら自分は、やつのデビューから連載に至るまでの華々《はなばな》しい経歴のための餌《えさ》にされたのではないだろうか。

勅使河原《てしがわら》編集長はそのために、今回わざわざ翔太郎が得意な恋愛マンガで勝負をさせたのではないのか。

同じ『天才高校生漫画家』と評されるライバルを打ち破っての連載獲得《かくとく》。カッコイイことこの上ないだろう。実にいい演出ではないか。

……考え過ぎか？　今度の『強化週間』のテーマは２ヶ月前には決まっていたというし。

いやいや。たとえば、高良翔太郎を勝たせるために、今回の『強化週間』を利用したとしたらどうだろう。都合よく掲載枠《けいさいわく》が二つあったのも今にしてみれば怪しい。そこに無理やり組み込んだ可能性がある。

勝手な想像だが、妙に辻褄《つじつま》が合う。

だとすれば、高良《こうら》翔太郎《しょうたろう》が連載をするための茶番に参加させられたことになる。

「くそッ！」

伊織《いおり》は廊下の床を強く叩《たた》いた。さっきから思考がネガティブな方向に寄っていってしまっている。それほどまでに、強大な敵が出現したということである。

「…………」

——待てよ。

——それがどうした。

「いや、違うな……」

伊織は鼻で笑い、首をゆっくりと横に振る。

仮に、裏があろうとも、なかろうとも、関係ない。そんな思惑などひっくるめて、自分のマンガで打ち破ってやればいいだけじゃないか。

そうだ、こんなところで負けているようでは、あの杜若王子郎《もりわかおうじろう》に勝てるわけがない。これは、杜若王子郎という頂《いただき》を登る前に設置された、障害・ハードル。

まずは打倒・高良翔太郎を目標にすればいい。

もしも、これが『マンガの神様』のもたらした運命なのだとしても、絶対に屈してやるものか。逆に『マンガの神様』の粋《いき》な計らいと考えてやろう。相手の得意分野で勝利してこそカッコがいい。

編集長も「全力で戦うことによる成長を期待する」なんてことも言っていた。ここでやつに勝てなければ、自分はそこまでの漫画家《まんが か》だというだけの話だ。

「やってやるよ……。ああ、やってやるとも……！」

伊織は拳《こぶし》を握り、瞳《ひとみ》の奥を燃え上がらせる。

つい先ほどまでから一転、高良翔太郎を倒すことに意欲が高まってきた。

しかし、以前のように勝つことばかりに囚《とら》われてはいけない。杜若王子郎に勝つことに拘《こだわ》るあまり、スランプへと陥《おちい》ったばかりだ。

あくまで『面白いマンガを描くこと』が重要だ。面白いマンガを生み出して上を行くという気持ち。それだけは絶対に忘れてはいけない。

「……待ってろよ、楪葉《ゆずりは》。すぐに君に追いついてやるからな」

逆境の中、落ち込むどころか、伊織は勝負への熱意をより激《はげ》しくさせた。

——こうして、『東の高校生漫画家』と『西の高校生漫画家』の『週刊少年ライン』連載を賭《か》けた戦いの幕が切って落とされたのであった。

第二章　恋愛は『サスペンス』と『ミステリー』

漫画家《まんがか》の伊織《いおり》にとって、学校は代えがたいマンガの資料館だ。備品の一つひとつが絵の参考になるし、行き交う生徒たちの言動がキャラクター作りの参考になる。「マンガ描く時間取られるし、高校なんて通わなくてもいいんじゃね？」という意見を持つ友人もいるが、そういう観点《かんてん》からいって、日々の学校生活に無駄なんてなに一つないと伊織は考えているし、卒業まで毎日通うつもりだ。

特にその気持ちは、部活に所属するようになってからより一層大きくなった。

伊織は学校で漫画研究部——漫研に所属している。自身のプロの漫画家としての活動と平行して、秋の文化祭に漫研の作品を発表すべく、部員たちと切磋琢磨《せっさたくま》しているのである。

今日《きょう》も放課後、伊織は漫研の部室へとやってきた。

部員五人、全員揃《そろ》っているし、安定の出席率だ。顧問《こもん》のみもりは、他の部と掛け持ちのため、残念ながら今日も姿がないのだが。

部室の本棚《ほんだな》に立てられている【学園戦国ミネルヴァ】の原稿《げんこう》を伊織はチラリと見てみる。

漫研で初めて描き上げた第一作。渾身《こんしん》の作品だ。

その完成度は、かつて伊織が『ライン』の新人賞で大賞を受賞し、デビューを果たした作品【サウザウンド・レッド】を遥《はる》かに超《こ》えていると伊織自身、評価している。それに、あの天才漫画家・杜若王子郎《もりわかおうじろう》をも認めさせたマンガだ。

これを作り上げることが出来た仲間たちとのマンガ創作は、伊織のさらなる成長の糧《かて》になることだろう。だからここで得られる経験は特に貴重なものなのだ。

現在、漫研では文化祭に向けて、さらに面白いマンガの制作を進めている。漫研に復帰した楪葉《ゆずりは》を入れての新作マンガである。作画に向けてストーリーを決めるため、それぞれの意見を出し合っていく。

「え〜。そこはゴリラが殴り込みに来た方がいいと思うけどな〜。子ブタの兄弟たちが暮らす木の家の壁《かべ》をぶち破って登場させたら、迫力ある絵になるだろうしさ〜」

「いやいや！　ゴリラは強すぎるって！　せめてオラウータンくらいで留めておこうぜ！　さすがにゴリラには子ブタじゃ3匹がかりでも勝てねえもん！　ウサギとカメが殺された怒りをきっかけに覚醒《かくせい》するにしても、そこまでやったらもうリアルじゃねえよ！」

男子部員の磯辺《いそべ》と丸山《まるやま》が、意見をぶつけ合っている。

彼ら二人は伊織のクラスメイトで、当初は漫研立ち上げの数合わせで入れられたメンバーだ。元々それほどマンガに造詣《ぞうけい》は深くなかったのが、今では立派な漫研の仲間である。もはや素人《しろうと》といってバカに出来ない。時たま伊織《いおり》の思いつかない角度から意見を出してくることがある。

今回の新作は【学園戦国ミネルヴァ】よりも『単純明快さ』を追求している。文化祭には一般来場者もやってくるので、幅広い層にウケるようなつくりを目指しているのだ。

「ねえねえ！　私、思うんだけど、もっとキュンキュンが欲しいよ！　バトルもいいけど、ステキな恋愛シーンを入れたいんだよね！　オオカミさんとヤギさんのイチャイチャシーンなら、もう少し加える余裕だってあるもん！」

部長の霧生萌黄《きりゅうもえぎ》は、今日《きょう》も元気一杯に発言する。

彼女はいつ見てもどこかの人気アイドルが迷い込んだのかと疑うほどのルックスである。これで大のマンガ好きだというから驚《おどろ》きだ。その熱意は一から漫研《まんけん》を創部してしまうほどである。

「やっぱり女の子の読者は恋愛が大好物だもん！　私的にもそこは拘《こだわ》りたいんだよね！」

いつものキラキラ笑顔で部員たちを見回す。こんな素敵な顔で意見を出されたら採用するしかないではないか。男子たちはもちろん、楪葉《ゆずりは》までも柔らかい表情でOKサインを出している。

「……みんな、一つ聞いてみていいかな」

そして、そんな萌黄の言葉を受けて、今度は伊織が部員たちを見回して尋《たず》ねる。

「君たち、恋愛マンガだと何が好きなんだい？」

「ん？　ラブコメとかでか？」

丸山《まるやま》が食いつきを見せた。

「ああ。恋愛描写を入れるっていうなら、参考に出来るんじゃないかな。世にある人気マンガから君たちの好きなものを挙げてみれば、どういう恋愛ストーリーが読者に受けるのか見えてくると思うんだ。それなら、霧生さんも納得の恋愛シーンが生み出せると思うよ」

「なるほど！」とか、「さすが左右田《そうだ》くん！」とか、皆が感心した顔で頷《うなず》く中、楪葉だけは、伊織を見ながら目を細めている。伊織の質問の隠された意図を察しているからだ。

伊織は漫研の皆から、新作恋愛マンガのヒントを得ようとしていた。

西の高校生漫画家《こうこうせいまんがか》・高良《こうら》翔太郎《しょうたろう》を倒し、連載《れんさい》を勝ち取るために。

面と向かって頼むのが恥ずかしいとか、そういうわけではない。プライドの高い伊織だが、面白いマンガのためなら頭を下げることも厭《いと》わない。

ただ、一般人である部員たちに対しては、まだ発表されていない『ライン』のスケジュールを明かすわけにもいかないので、こうやってその思惑を伏せるのは致し方なかったのである。

「お前、そりゃあれに決まってんだろ。【スイートパラダイス】だよ」

まず、丸山がニヤけながらお気に入りのタイトルを答えた。

「ああ～【スイパラ】か～。いかにも丸山が好きそうだよね～。ハーレムものってやつ？　可愛《かわい》い女の子が大量に出てくるあれね～」

磯辺《いそべ》はどこかうんざりした言い方をする。

「確かに絵は上手《うま》いと思うけどさ～、ストーリーがちょっとね～。全然話進まないし、そのくせヒロイン増やし過ぎだし～。こないだ出てきた子でヒロインもう128人目だよ～？」

「おい！　オレの嫁の梨々香《りりか》ちゃんディスってんのか⁉　あの子、くっそエロ可愛《かわい》かっただろうが！　しかも梨々香ちゃん133人目だっつーの！」

「ぶっちゃけもう名前忘れたけど、結構序盤《じょばん》に出てきた金髪《きんぱつ》の子とキャラ被《かぶ》ってるよね～。主人公が死んだお兄ちゃんに似てるって設定、まんま一緒だもんね～。外見もおさげの位置ちょっと上にしただけだし～。とりあえず可愛い女の子出しまくっときゃいいじゃんって作者の魂《こん》胆《たん》が見え見え～」

磯辺《いそべ》からの厳《きび》しい批評を受け、丸山《まるやま》は机を叩《たた》く。

「んだよ！　そんなに言うんだったらよ、磯辺が推《お》してる恋愛マンガは何なんだよ！」

「ボク～？　ボクは【異世界外交官の恋】かな～」

「いいチョイスだなオイ！　しょうもないってバカにしてやろうと思ってたのによ、こいつめっちゃいいやつ出してきやがったぜ！　【イセコイ】は確かに名作だわ！」

丸山が悔しげな顔で頷《うなず》くと、萌黄《もえぎ》も嬉《うれ》しそうに手を上げて賛同した。

「うんうん！　私も【イセコイ】好き！」

二人の反応に気を良くしたのか、磯辺が饒舌《じょうぜつ》に続ける。

「設定的にはよくある異世界トリップものだけど、ヒロインみんな魅力的《みりょくてき》だからね～。【スイパラ】と違ってキャラの使い捨てもないし～。ストーリーもよく出来てるしさ～。正直、あの雑誌ってあれしか読むものないもんね～」

辛辣《しんらつ》なことを言うやつだ、と伊織《いおり》は磯辺を見ながら思った。

「ねえねえ、知ってる⁉　あの作者さんって、ラノベ作家志望だった弟さんを、漫画家《まんがか》志望のお姉さんが誘って、姉弟で組んで共同ペンネームにしてるんだよ！」

と、萌黄が得意顔で口をはさむ。自分の持つマンガ知識《ちしき》を皆にひけらかしたい感がプンプンするが、伊織もそういうところがあるのでシンパシーを感じてしまう。

「だから、男の人の目線と、女の人の目線、両方の描写が巧《たく》みなの！　……あ、これはゆずちゃんの受け売りだけどね」

萌黄は楪葉《ゆずりは》を見てから舌をぺろっとする。

「まあ何はともあれ、やっぱり今はラブコメといえば【イセコイ】だよね～。霧生《きりゅう》さんもそう思うでしょ～？」

「でも、私は【スイパラ】も好きだよ。絵めちゃくちゃキレイだし、キャラもみーんな可愛いもん」

「だよな！　おっぱい出まくりだもんな！」

「いや、それは……」と萌黄は顔を赤くする。

「それがまたしょうもないんだよね、あのマンガ～。マンガとはいえさ～、女の人の服がそんな簡単《かんたん》にはだけるわけないじゃんか～。大体【スイパラ】の主人公ってさ～、何もないところで転び過ぎだよね〜。しかも毎回階段の下に都合よく女の子いるし〜。もう飽き飽きだよね、あのパターン」

「バッカ！　それがいいんだろうが！　テンプレってやつだよ！　【イセコイ】だってテンプレ展開多いだろうが！」

「あれは理由づけあるし、自然じゃ〜ん。意味もあるしさ〜。【スイパラ】は流れとか関係なくエロ見せればＯＫ感が酷《ひど》いんだよね〜」

丸山《まるやま》は磯辺《いそべ》に対してかなりイライラを見せている。好きなマンガをこれだけけなされればしようがないだろう。

「なあ！　もえちーは結局どっち派なんだよ⁉」

「ええ⁉　私はどっちにも良さがあると思うし……」

萌黄《もえぎ》は丸山の勢いにタジタジである。

「杜若《もりわか》さんは〜？」

磯辺はさっきから黙って見守っている楪葉《ゆずりは》に話を振った。

椅子《いす》に座りながら楪葉は、ニーソックスに包まれた細い脚《あし》を組みなおす。

「……むぅ、そうですね……。総合的に見ればやはり【イセコイ】でしょうか」

磯辺は「ほらね」としたり顔である。丸山はさらにイラッとするかと思えば「ゆずっちが言うならしょうがねえ」とやや落ち着きを見せている。

楪葉が言うことは妙に説得力があるので皆一目を置いており、漫研《まんけん》内では伊織《いおり》と並んでご意見番的ポジションに落ち着いているのである。

まさかあの有名漫画家・杜若王子《おうじ》郎《ろう》本人とは、伊織以外知る由《よし》もないのだが。

「ですが皆さん。私としては【スイパラ】と【イセコイ】、一見全《まった》く違う作品ですが、本質的には同一のものだと思うのです」

「へ？　どゆこと？」

丸山はポカンとしている。

「恋愛とは『サスペンス』か『ミステリー』だということです」

楪葉の言葉に皆が聞き入る。

「恋愛マンガには大きく2パターンあります。一つは、結ばれるべきヒーローとヒロインがはっきりしており、彼と彼女に対して様々な困難が降りかかってくるもの。いわば恋愛を『サスペンス』として楽しむもの。もう一つは、誰《だれ》と誰が結ばれるか分からず、その駆け引きと結末に読者が関心を寄せるもの。いわば恋愛を『ミステリー』として楽しむもの。先の2作品は後者に当たります」

「ああ、まあそうかもね〜……」

あんなのと一緒にされるのは不本意だというニュアンスで磯辺は呟《つぶや》く。

確かに【スイパラ】も【イセコイ】も、複数のヒロインの間で、主人公が揺れ動くマンガではあるが。

「それらが複合的に組み合わさったものもありますが、それが基本の骨組です。そして、その骨組に対して、キャラクターや、舞台設定を肉付けしていく。それが恋愛マンガを作る場合の基本でしょうか。もし我々が描くとすれば、前者を意識《いしき》して描くべきでしょうね。文化祭に向けての作品は短編ですし、キャラクターも多く出せませんので」

楪葉《ゆずりは》はチラリと伊織《いおり》に視線を送る。今のは伊織に対するメッセージでもあろう。高良《こうら》翔太《しょうた》郎《ろう》との勝負の一作。キャラを絞った『サスペンス』で勝負しろ、そう伝えているのである。

しかし、伊織もそれは意識していた。この前描いた恋愛マンガも、バイオリニストの主人公の相手役は一人だったし、病弱なヒロイン・レイナとの恋路が実るのかどうか、読者はそれを見守るような作りにしている。

「あ、そういやさ、もえちーとゆずっちは恋愛マンガだと何が好きなわけ？　女子の意見も聞かせてくれよ」

途端「待ってました」と萌黄《もえぎ》が嬉《うれ》しそうな顔になる。

「私は糸屑《いとくず》ほたる先生の【影縛り《かげしば》】だよ！」

そう言いながら部室の本棚《ほんだな》に置かれた1巻を取り出す。有名な少女漫画家《しょうじょまんがか》・糸屑ほたるの最高傑作《さいこうけっさく》として呼び声が高い名作だ。

「なんて言ったらいいかなあ！　読んでるとすごいキューンってするんだよね！　恋するヒロ

インがキラキラしてるし！　衝撃《しょうげき》の展開にドキドキハラハラだもん！　もう毎話、毎話、キュンキュンってするんだよ！　ワックワックのドッキドッキのメロメロなんだよ！」

小学校低学年並の擬音《ぎおん》だらけの説明だが、これが読んだものからすれば何となく伝わってくる感想なのである。だから楪葉も、萌黄の興奮《こうふん》した喋《しゃべ》りを聞きながら、さっきから「うんうん」と同意の頷《うなず》きをしている。

「私も恋愛マンガなら【影縛り】を支持しますよ。あれには多くのものが詰まっていますからね。恋愛マンガを語るなら、確実に押さえておきたい一作です。それにしても糸屑先生の恋愛描写は毎回巧《たく》みです。現在連載《れんさい》中の【第23番目の許嫁《いいなずけ》】も素晴らしい恋愛マンガですからね」

「だよね、だよね！　サチコの『恋愛にタイムアップはあるが、ギブアップはない』は屈指の名言だったよね！　私、あれ大好き！」

その後、恋愛マンガ談義は女子たちのターンに回り、下校時間になるまで長々と続いた。あまりの長時間にわたる熱弁に、磯辺《いそべ》と丸山《まるやま》は「もうやめてくれ！」という顔だったが、楪葉と萌黄の饒舌《じょうぜつ》が止まることはなかった。やはりこの分野は女の子の専売特許といったところか。

伊織はというと、出てくる意見をメモにまとめることに終始していた。


帰宅後、伊織は自室の机に座った。

深呼吸して意識《いしき》を集中させる。

「……やるか」

今日《きょう》の漫研《まんけん》での会話を通し、何となく方向性は見えてきた。

やはり重要なのはキャラクターであろう。

漫研内で話題にも出ていた【スイパラ】と【イセコイ】。どちらも共通するのは、ヒロインたちの魅力《みりょく》だった。

どんなマンガでもキャラクターは大事だが、ジャンルが恋愛ものとなると、ヒロイン作りが特に重要である。少年誌である『ライン』の読者層は、主人公側の気持ちに立ってマンガを読むわけだから、当然、相手側の女の子が受けるものにしなくてはならない。

伊織《いおり》は新作のヒロインを目の前の紙に描きだしていく。ヒロインを先に作り、そこから話を広げてみようという試みだ。

まず、見た目はとびきり可愛《かわい》くしよう。

思い描く外見のイメージをペンに乗せていく。

――第一印象は明るい方がいい。

短編の一発勝負。最初の印象で読者の気持ちを摑《つか》む必要がある。ミステリアスなキャラにして徐々に内面や過去が明らかになっていくパターンもありだが、最初で読者の気持ちが離れてしまうと、最後まで読まれないかもしれないし、評価が落ちてしまうだろう。

──やはり胸は大きい方がいいな。

丸山《まるやま》じゃないが、結局のところ読者は大なり小なりヒロインにセクシーさを求めている。けどエロを押し過ぎない方がいい。メインはあくまで恋愛。天真爛漫《てんしんらんまん》な感じにしてみるか。

──舞台は学園ものかな。

だとすれば服装は制服だ。試しにうちの制服でも着せてみるか。

伊織はそうやってイメージを具体化していく。

静寂の中、小気味よくペンの音が室内に響《ひび》く。

「ふぅ……」

驚《おどろ》くほどすぐに描き上がった。

白紙の上に伊織の思う、受けるヒロインが出来上がったのだ。

とても可愛い女の子だ。これだけ可愛い女の子だから、たとえばこんな子に絵が上手《うま》いから漫画家《まんがか》になれるよなんて言われたら、きっと本気で漫画家を目指してしまうに違いない。

「……ってこれ、霧生《きりゅう》さんじゃないか！」

一人でノリツッコミしてペンを床に投げつける。

目の前にいるのはどう見ても霧生萌黄《もえぎ》である。ついつい自分の好みを反映してしまった。そりゃすぐに描けるわけだ。

ダメだ、露骨《ろこつ》すぎる。さすがにこのキャラは自分のマンガにそのまま使えない。ただまあ絵としては素晴らしいので、記念に残しておこう。

……くそっ、いい案が浮かばない。

しょうがない、キャラは一旦《いったん》置こう。

そうだストーリーだ。重要なのはストーリーなのだ。少しのエピソードで読者をあっと言わせるために話作りに力を入れよう。

最低あの【UTSUSEMI《うつせみ》】の第1話を超《こ》えるレベルのインパクトがないと勝てない。高良《こうら》翔太郎《しょうたろう》は、今回の勝負用にさらに上の新作を用意してくるはずだからだ。

何か強力なインスピレーションが欲しい。

楪葉《ゆずりは》と萌黄《もえぎ》も称賛する、少女漫画家《しょうじょまんがか》・糸屑《いとくず》ほたるの作品を彷彿《ほうふつ》とさせるくらいの、とてつもない恋愛ストーリーを生み出したい。そうすれば、翔太郎の上を行けるに違いない。

「……杜若王子郎《もりわかおうじろう》、だな」

面白いマンガを描くなら、やはり上手《うま》い人間の真似をするのが一番。糸屑ほたるがどういう風に描いているかは知らないが、伊織《いおり》自身、誰《だれ》よりも上と認めており、しかも身近にいる漫画家・杜若王子郎のやり方を参考にすればいいのだ。

杜若王子郎の創作方法――『実体験』による『リアリティ』を原稿《げんこう》に反映すること。

これだ。

そう取り決めると、伊織は勢いよく椅子《いす》から立ち上がった。

自室を出て、その足で妹の部屋に向かう。

「おーい、日芽《ひめ》。いるんだろ？」

ノックもそこそこにガチャリとドアを開ける。

とりあえず身近かつ手頃《てごろ》な女の子はこいつしかいない。

そう、恋愛研究のために女の子と一緒に街《まち》に繰《く》り出《だ》してみようという計画だ。何か面白い体験が出来るかもしれないし、そこから恋愛ストーリーのヒントも摑《つか》めるかもしれない。

「日芽、ちょっと僕と出かけないか？　アイスクリームぐらいならおごってやるぞ。喜べ、この天才の兄が施《ほどこ》しをしてやろうというんだからな」

いつもの日芽なら、威勢よく言い返してくるはずだが、反応がない。

「おい、なに無視してんだよ。あと僕のパソコンそろそろ返せよ」

高良翔太郎のマンガを見せて以来、日芽は伊織のノートパソコンをパクったままなのである。それに、どうも部屋に閉じこもりがちになっている。隠れて変なサイトを見ていないか心配だし、早く回収してしまわないと。

「……日芽？」

――カチッ。――カチッ。

ぬいぐるみで囲まれたファンシーな日芽の部屋の中で、１台のパソコンが異質な空気を発している。部屋の主、日芽の視線の先はその画面の中。

妹は一心不乱にキーボードのF5キー《更新ボタン》を押し続けている。

「なに……やっているんだ……？」

伊織《いおり》は恐る恐るその画面を覗《のぞ》き込《こ》む。

「お、お前……」

映っていたのは高良《こうら》翔太《しょうた》郎《ろう》のマンガページ。【UTSUSEMI《うつせみ》】の最新話の最終ページだ。

それ以上先のリンクはない。いくら日芽《ひめ》が更新ボタンを押しても画面は変わらない。

「ま、まさか……。お前、ずっとそれを……？」

その問いに返事はない。返ってくるのは無機質なキーボードを叩《たた》く音だけだ。

「やめろ、日芽！　そんなことをしても続きは読めない！　やつがその作品の最新話を執筆し、それをアップしない限りはなあ！」

慌《あわ》てて日芽の小さな肩を掴《つか》んだ。

すると、ようやくこっちに首を向ける。

「オニイチャン　ワタシ　ツヅキ　ヨミタイヨ」

（……泣いている……だと……!?）

読んだ者をここまで引き込む。

これが高良翔太郎の恋愛マンガの力だというのか。

「ワタシ　モットヨミタイヨ　——モットオモシロイマンガガヨミタイヨ——————ッ！」

日芽は激《はげ》しく泣き叫ぶ。ヘッドバンキングしてツインテールを振り散らす。

「くそ……、ダメだこいつ……」

伊織は錯乱《さくらん》する日芽を放置し、部屋から脱出した。

あんな状態では外に連れ出すことも出来ない。

「……待っていろよ、日芽……」

日芽はすっかり高良翔太郎のマンガにのめり込んでいる。だがやつより面白いマンガを見せれば、きっと正気を取り戻すはずだ。

「どうやらまた一つ、やつよりも面白いマンガを描く理由が出来たようだな……」

伊織は自室に戻ると、スマホの画面を眺めた。

日芽が役に立たない以上、他を当たるしかない。登録《とうろく》されている女子の連絡先は、家族を除けば2件のみ。「杜若楪葉《もりわかゆずりは》」と「霧生萌黄《きりゅうもえぎ》」の二人の連絡先だ。

伊織は深呼吸し、意を決してから電話をかけた。

「霧生萌黄」の番号にすぐにつながる。

「もしもし、霧生さん？」

《　く～るくるくるくる☆　く～るくるくるくる☆　》

受話口から聞こえてきたのは萌黄の声だ。

間違い電話ではない。

決して頭がおかしくなったわけでもない。

「……ペルポリン」

すぐに察した伊織《いおり》は、お決まりのフレーズで返す。

《アハハッ！　さっすが左右田《そうだ》くん！　マンガ【魔法少女隊《まほうしょうじょたい》ゴリアテ】の隊員メンバー同士の通信時の合言葉、すぐに分かってくれたね！　第11話の1回しか登場してないのに！》

電話の向こうから萌黄《もえぎ》の嬉《うれ》しそうな声が返ってくる。

「……フッ、当然だよ。僕だってあのマンガは何度も読み込んでいるさ。萌え系の絵柄に対して、ストーリーはとことん燃えというあのギャップは、初めて読んだ時、なかなかに衝撃的《しょうげきてき》だったからね。何の前触れもなく唐突に出てくる、ヒロインたちに対する容赦のない描写も、それはもうショッキングだったよ」

《うんうん！　いきなりミルク隊長が空中で敵の魔法攻撃を受けて手足をバラバラにしながら落下した時には、あまりに辛《つら》すぎて本を投げそうになっちゃったけど、最後はちゃんと隊員たちみんな報《むく》われるし、名作中の名作だよね！》

萌黄は本当にマンガが好きな子だ、普段から元気溌剌《げんきはつらつ》なのだが、マンガの話になるとこのように一入《ひとしお》である。

それにしても彼女の明るい声を聞いていると、こっちまで元気になってくるし、それだけで電話をした価値があるというものである。勝負用の恋愛マンガの制作が上手《うま》くいかず落ち込みそうになっていたが、萌黄の元気を分けて貰《もら》い、また頑張ろうという気になれた。

《あ、それで、左右田くん。どうして電話してくれたの？》

「え!?　あ、ああ、実は……」

そうだ、【魔法少女隊ゴリアテ】トークで盛り上がっている場合ではない。本題に入らなければ。

――萌黄と二人で遊びに行く。

これほどインスピレーションが湧《わ》く経験はないだろう。

何せ相手は伊織の初恋の相手であり、長年の想《おも》い人《びと》なのだから。

しかし、漫研《まんけん》の他のメンバー同伴で出かけたことはあるが、二人きりでどこかに行ったことなんて一度もないし、誘ったことなどもちろんない。

《左右田くん？　どうしたの？》

今日《きょう》は何としても、勇気を出して誘ってやる。

マンガのためもあるが、萌黄と一緒に遊べたら絶対に楽しい。

（そうだ、言ってやる！　言ってやるぞ！）

片想いで何も出来なかった小学生の頃《ころ》とは違う。もう高校生にもなったのだ、女の子をデートに誘うくらい朝飯前《あさめしまえ》だ。

「霧生《きりゅう》さん……。デ……。デ……」

《デ？》

「【デリシャス・ジャパン】最新刊読んだ……？」

ダメだ〜。ヘタレた〜。

《もちろんだよ！　相変わらず単行本のおまけページすごく充実してるよね！　登場した料理のレシピ、こと細かく載《の》せてあるもん！　それにしても、いもけんぴからビーフストロガノフを作っちゃう回はホント驚《おどろ》いたよね！》

それからしばらく伊織《いおり》と萌黄《もえぎ》は、人気グルメマンガ【デリシャス・ジャパン】について電話で語り合った。

「う、うん……」

《ああ〜楽しかった！　ありがとね左右田《そうだ》くん！　じゃあ、また学校で！》

本題を伝えられないまま通話は切れてしまう。

結局デートの誘いは出来なかった。

「くそ……。こうなったら……！」

伊織はめげずに別の番号にかける。

残された選択肢はただの一つ。

電話帳から、その名前を選び、コールする。

《もしもし……？》

こちらもすぐに出てくれた。
萌黄との電話の直後なので、楪《ゆずりは》葉の声はすごく小さくてか細く思える。
《……伊織くんが電話をしてくるなんて珍しいですね》
「楪葉。今、忙しいかい？」
《【スタプリ】の執筆中ですが、電話くらいなら大丈夫ですよ》
「そうか、じゃあちょっと頼みがある。僕とデートしてくれ」
《ああ、なんだ、そんなこ――》
電話の向こうでガシャガシャと何か物が落ちる音が聞こえてきた。
《え……、えええええっ⁉　デ、デートッ⁉》
「ああ、そうだ。僕と二人っきりでデートに行って欲しい」
そう、無駄な前置きなど必要ない。恥ずかしくなる前に、こうやってとっとと要件を伝えれば良かったのだ。
《い、伊織くん……。い、いきなりなにを……》
「勘違いするなよ。マンガのためだよ。君だってマンガには実体験が重要だと言っていただろ？　恋愛マンガの参考のために、女子とのデートってやつを経験しておきたいんだ」
本当は、楪葉は【スタプリ】の執筆で忙しいだろうし、自分のために時間を使わせるのは避けたかったのだが、背に腹は代えられない。それに、伊織の面白いマンガのためになるべく協力するとも言っていたし、その厚意に甘えてしまおう。

《な、なるほど。そうですよね……。マンガのためですよね……。でも、伊織《いおり》くん。私には『マンガの神様』が憑《つ》いているんですよ？　デートなんてしたら、伊織くんの身に危険が及ぶかもしれませんし……》

楪葉《ゆずりは》の声が尻《しり》すぼみに小さくなる。伊織の身を心配してくれているようだが、当の伊織からすれば楪葉の心遣いは杞憂《きゆう》というものだ。

伊織は楪葉の心配を吹き飛ばすべく、力強く言い切った。

「それならそれで望むところさ。君とのデート中に何かしらトラブルが起きたのなら、それだってマンガのネタにしてやるよ。何度も同じことを言わせるな。僕にとって君は疫病神《やくびょうがみ》なんかじゃないんだ。変な気を遣わないでくれ」

電話の先で楪葉が黙り込む。

無言。まだ無言。ずっと無言。

あまりに無言が続くので、伊織はふとある可能性に気が付いた。

もしかして楪葉は、『マンガの神様』が引き起こすトラブルに伊織が巻き込まれることを恐れているのではなく、単純に伊織とデートするのが嫌なのではないか？

もしそうだとしたら、楪葉がデートを受け入れてくれることを前提に話していた自分は、ものすごく恥ずかしいやつではないか？

「あ、ああ、あれだよ。もし君の都合が悪いのなら、断ってくれたらいいからな。僕はあくまでも勉強になればと思っていただけだし、断られても全然傷ついたりしないし、そもそも君に断られても僕が本気出せば誰《だれ》かとデートくらいすぐ出来るし」

予防線の言葉を並べ立てる伊織の耳に、かすかな笑い声が届いてきた。

《……ここで断ったら伊織くんが可哀相《かわいそう》ですし、いいですよ。デートしましょう。それに、私もマンガの参考になりますからね》

楪葉が明るい声色でそう答えた。

それを聞き、伊織は思わずガッツポーズを作るが、気恥ずかしくなりすぐに手を引っ込める。

「よし、じゃあ、決まりだな。それじゃあ次の土曜日の――」

業務的に日取りを決め、電話を切る。

「……ふぅ……」

勢いでやってしまったが、冷静になってみるとドキドキしてきた。

「……やばいな……」

妹以外の女子と二人で遊びに行くなんて、これが初めてなのだ。


約束の週末。

伊織《いおり》は、高校入学祝いに父から貰《もら》った腕時計を見ながら、待ち合わせ場所へと歩く。

「早すぎたか……」

この伊織という少年は、時間にうるさい人種である。相手が1分遅刻すればイライラ。2分遅刻で激怒《げきど》。3分遅刻で即帰宅。そんな性分だ。自分の方は相手を待たせないために、15分前行動を重んじるようにしている。

ところが、今日《きょう》の伊織はというと、約束の1時間前に到着してしまった。

場所は繁華街《はんかがい》にある時計台の前。駅近で待ち合わせの定番スポットである。磯辺《いそべ》や丸山《まるやま》らと遊びに来る時もいつもここだ。

ただ、今日はいつもと違って、待ち合わせの相手は女の子。浮足立って仕方なかったのである。こんなに早く来たことを知られれば、気合い入り過ぎだと楪 葉《ゆずりは》に茶化されそうだ。

――だが、なんということであろう。

「…………」

「…………」

楪葉もほぼ同じタイミングでこの場所に現れたのだ。

ブーメランになるので、お互い茶化すことも出来ない。

しばらく気まずい空気になる。

「……ごめーん、待ったー」

第一声、楪葉が棒読みでそう言った。

「……いや、待ってないし、それにその喋《しゃべ》り方《かた》はなんなんだよ」

「え？　こういうルールじゃないんですか……？」

ふざけている感じではない。マンガからの知識《ちしき》か、彼女にとってはそれが常識という風だ。

呆《あき》れながらも、伊織は改めて楪葉の姿をじっくり観察《かんさつ》する。

やはりというか、見た目は抜群の美少女だ。今日は透明感あるワンピースの上に薄手《うすで》のカーディガンという格好をしている。これが非常に似合っており、さっきから周《まわ》りの男性の視線を集めてしまっている。

「――すまない、楪葉。ちょっとそのままにしていてくれないか」

伊織は肩に提《さ》げたスケッチブックを取り出す。手早く開いてそこにペンを走らせる。

どうやら、楪葉をモデルに絵を描いているようだが。

「あの、伊織くん。いきなりなにをしてるんですか……？」

「ああ、いや、今日の君の服装、可愛《かわい》いなと思ってさ」

「なっ⁉」

楪葉は顔をボンッと赤くする。

家政婦の天宮《あまみや》のコーディネートだが、かなり高評価のようだ。こうやって伊織が思わず絵に残そうとしてしまうほどである。マンガのヒロインに対しては拘《こだわ》るが、自分自身のオシャレに無頓着な楪葉《ゆずりは》は、天宮《あまみや》に私服の用意全《すべ》てを任せており、今日《きょう》ほどそのセンスが有難《ありがた》いと思ったことはなかった。

伊織《いおり》は、楪葉をジッと見つめながら黙ってスケッチをし続ける。

伊織としては、あくまで創作の参考のためにやっているのだろうが、その真《ま》っ直《す》ぐな視線を受け、段々居たたまれなくなってくる。

「ず、ずるいです……！　私だって……！」

楪葉も肩に提《さ》げたスケッチブックを開いて、恥ずかしさを誤魔化《ごまか》そうと伊織のことを描き出す。マンガのネタが飛び込んできた時のために、彼女にとってもお出かけの時は必需品なのだ。

二人の若い男女が往来でお互いをスケッチし合う――異様な光景である。

さっきから通行人が不審がってチラチラとこちらを見てくる。

「――ちょ、ちょっと待て！　これ、何の集まりだ⁉」

ようやく伊織はことのおかしさに気づき、ペンを止める。楪葉も「いや、あなたが始めたんでしょ」と呆《あき》れた声で言い、咳払《せきばら》いしてスケッチブックを閉じた。

「と、とりあえず行きましょうか……」

周《まわ》りから浴びせられる奇異の視線から逃れるため、二人はそそくさとその場から移動する。

「…………」

「…………」

二人きりで並んで歩くのは初めてではないのだが、伊織も楪葉もどこかよそよそしい。デートという体《てい》で来ているので、お互い妙に意識《いしき》してしまっているのであろう。

「それで、今日は何をするんですか？」

ようやく気持ちが落ち着いてきた楪葉は、隣《となり》を歩く伊織の顔をチラリと見ながら尋《たず》ねる。

「いや、別に当てはないよ」

「え？　何も考えていないんですか？　うら若い女の子をいきなり呼び出しておいて、何も考えていないんですか？」

「なんだよその表現は。当たり前だろ。実際のリアルの男女のデートなんて何をすればいいのか僕は知らん。やったことがないんだからね。だからこそ君を誘ったんだ。というわけで、楪葉、君の意見を聞こう。どこに行けばいい？」

「むぅ……。なんで私なんですか……」

「それはあれだよ。あれだけ面白いマンガが描けるんだ。その……。け、経験豊富だったりするんじゃないのか……？」

「っ⁉　わ、私だってそんな経験ないです……っ！」

楪葉は恥ずかしげに目を逸《そ》らす。

「え……？　だって【スタプリ】でもデートシーンを描いているじゃないか。3巻で流星《りゅうせい》とところながイチャイチャしていたじゃないか。あれも君の経験をそのまま描いているんだろ？」

楪葉《ゆずりは》の作品【スタプリ】の主人公とヒロインを例に挙げてみる。

「別に、実際にやったデートをそのまま描いているわけじゃありませんよ。昔、父と出かけた時の経験を参考にしてはいますが、丸々創作です。いくら私でも、デート中に宇宙人に襲《おそ》われたことはありませんし」

そういえば以前、楪葉はマンガを描くのに『経験』と『リアリティ』を重んじているが、毎回そのままを原稿《げんこう》に描いているわけではないとも語っていた。マンガに対して実体験を大事にしているのは、リアルな感情を乗せるのに都合が良いからであり、キャラクターになりきってその場面の出来事が想像しやすいからということらしい。そこから生まれるリアルな感情を生かすことで、リアリティのある面白いマンガのシーンを描けるのだ。

男女のデートの場面も、様々な実体験を元に、男性と女性それぞれの立場での気持ちを想像し、マンガのストーリーにしているのだろう。何か他の『経験』を流用したり、『リアリティ』のある想像を使ったりしてマンガとしているわけだ。

だから、面白いデートシーンを描いているからといって、過去に実際に面白いデートをしているとは限らない。

早い話が、楪葉も同い年の男の子と二人きりのデートというのは、これが初体験なのである。

「なんだよ……。じゃあどうすりゃいいんだ……」

無知で無計画な高校生の男女が、道の真ん中で途方に暮れる。

基本的に伊織《いおり》は、磯辺《いそべ》や丸山《まるやま》らと遊びに行く時も彼らに行き先を任せるので、他人と出かける時、自分で計画を立てたりしない。目的がある場合は一人で行動するし、誰《だれ》かと遊ぶ時は他人から与えられるプランに乗った方が思わぬマンガのアイディアが飛び込んでくるからだ。

楪葉も同じである。彼女の場合、他人と出かけること自体ほとんどないのだが。

「……とりあえず、お茶でもするか」

視線の先にオシャレな佇《たたず》まいのカフェがあったので、伊織はそう提案した。

カフェの中に入るや、伊織の耳をハンドベルのやかましい音が襲った。

「おめでとーございます！」

満面の笑みを浮かべた女性店員が、楽しげにハンドベルを振って音をかき鳴らしている。

「ちょ、ちょっと、一体何ですか？」

「お客様たちは、当店の開店以来ちょうど1万組目のカップルになられます！　さあさあ、こちらへどうぞ」

まだよく事態を飲み込めない伊織と楪葉だったが、店員に手を引かれてテーブル席まで連れていかれ、それぞれ強引に椅子《いす》に座らせられた。

「しばらくお待ち下さい。特別限定サプライズ商品をお持ちしますからね」

有無を言わさぬ笑顔で店員はテーブル席を離れていく。伊織はコーヒーを注文したかったのだが、そんな余裕はなかった。

「……たまたま選んだ店で記念のお客になるとはね。とんだ偶然もあったもんだな」

伊織《いおり》は『偶然』を強調しながら、テーブル席の正面に座らされた楪葉《ゆずりは》に声を掛けた。

彼女のことだから、「これこそ『マンガの神様』の仕業《しわざ》です」などとドヤ顔で返してくるかと思ったが、なにやらさっきから辺りをキョロキョロと見回している。

「え？　ああ、こんなのよくあることですよ。そんなことより伊織くん、ちゃんと非常口をチェックしておいて下さい」

落ち着きなく周囲を警戒《けいかい》している楪葉の姿は、エサを探して回る小動物を連想させた。本人は大まじめなのだろうが、見ていると和《なご》む。

「むぅ。なにをぼんやりしているんですか」

しっかりして下さいよと言わんばかりに、楪葉は頬《ほお》を膨《ふく》らませてからため息をつく。

「いいですか伊織くん、考えてもみて下さい。ここはカフェなんですよ。いつ凶悪犯が立《た》て籠《こ》もりのために乗り込んでくるかわからないんですよ」

「いや来ないよ！　どこの国のカフェの話だよ！　ここは日本だから！」

伊織の指摘に動じることなく、楪葉は厳《きび》しい口調で返す。

「伊織くん、その甘い発想が命取りになるんです。私はこれまでにちょっと空いた時間にカフェに立ち寄り、そこで立て籠もり事件の人質になって丸一日拘束されたことが去年だけで12回あります」

「すごいなオイ！　間違いなくギネス記録《きろく》だな！」

「だから伊織くん、カフェというのは決して落ち着く場所ではないんです。いざという時の脱出経路をチェックしたうえで、常に警戒態勢を保持しなければならない場所なのです」

楪葉の表情は真剣そのものだ。嘘《うそ》をついているようにも見えないので、本当に去年は月一で人質になっていたのだろう。

「なるほど……。マンガ作りの役に立ちそうだし、一度くらい人質になってみてもいいが、丸一日時間を取られるのはもったいないな……」

「そういうことです。伊織くんもぼんやりしていないで、私を見習っていざという時の逃走経路をイメージしておいて下さい。何事も心構《こころがま》えが重要なのですからね」

伊織が納得したことに気を良くしたのか、楪葉が得意そうに頷《うなず》く。

「ところで楪葉。そうやって常に警戒を怠《おこた》らない君が、なぜむざむざと12回も人質になってしまったんだ？」

楪葉が硬直《こうちょく》する。

「なあ、どうしてなんだ？」

しばらくの沈黙の後、楪葉が消え入るような声で言った。

「……こ、転んじゃうからです」

恥ずかしそうに頬《ほお》を赤く染めながら、楪葉《ゆずりは》がぼそぼそと言い訳するように説明を続ける。

「だ、だって仕方ないです。私には『マンガの神様』が憑《つ》いていますから。そりゃ逃げるために走ったりしたら転びますよ。マ、マンガのお約束だから仕方ないんです！」

伊織《いおり》は想像する。店に突然乱入してきた武装集団。混乱する店内でただ一人、楪葉だけは冷静に立ち上がると、非常口に向かって駆け出す。

彼女の動きには一切の無駄がない。訓練された兵士のように、真《ま》っ直《す》ぐに非常口に向けて走り、走り、走り、そして転ぶ。すってんころんと転ぶ。ヘッドスライディングでも決めるかのように豪快《ごうかい》に転ぶ。多分パンチラしながら転ぶ。

その光景は容易にイメージが出来た。

「なあ楪葉、それはマンガのお約束というか、単純に君の運動神経が悪いだけじゃないのか？」

楪葉は反論することなく押し黙っている。伊織の指摘に対して、不機嫌《ふきげん》そうに唇を尖《とが》らせてしまっているのだ。

「……まあ、その、なんだ。それじゃあ警戒《けいかい》していても無駄だな」

伊織は席に備え付けられていたメニュー表をテーブル上に広げた。

「さてと、何を注文しようかな」

「ちょ、ちょっと伊織くん！　メニューではなくて先に非常口を確認して下さい！　やっぱり信じてないんですね！」

「だってそうやって気を付けたところで、もしこの店で立て籠《たこ》もり事件が起きれば、どうせ君は転んで人質になるんだろ？」

「そうだとしても、伊織くんだけでも逃げられますし！」

「……一人で逃げるわけないだろ。その時は大人しく君と一緒に人質にでも何でもなってやるさ。逃げるにせよ人質になるにせよ、その時は君と一緒にいるよ」

　棵葉は目を丸くして驚《おどろ》いているが、それは伊織からすれば当然の結論だった。

　尊敬する漫画家《まんがか》であり、大切な友人でもある棵葉を置いて一人で逃げ出すなんて、彼のプライドが許さない。

　あと、凶悪犯の人質になるなんてマンガのネタになりそうな経験を、棵葉にだけ独占させていたら漫画家としてますます差がついてしまうという危惧《きぐ》もある。

「いつまでも心配をしていても仕方ない。本当に起こるかどうか分からないし、もし本当にそういう事件が起きてしまったら、それはそれで望むところさ。せいぜい人質になるという貴重な経験を積ませてもらうよ。とことん君に付き合ってやる。ほら、いつまでもそうやって逃走経路のチェックなんてしていないで、君もメニューを見て何を注文するか決めろよ」

　悩み顔で黙っていた棵葉も、ようやく意を決したといった表情で頷《うなず》いた。

「……分かりました。私には豊富な人質経験がありますから、もし一緒に人質になった時は任せて下さい。伊織くんのことは私が守ります」

「なんで注文じゃなくて妙な覚悟を決めているんだよ。もう面倒くさいから店員が来たら君の分も僕と同じのを注文するぞ。コーヒーだけでいいだろ」

「え？　それは困ります」

急に正気を取り戻した楪葉《ゆずりは》が、いそいそと身を乗り出してテーブル上のメニュー表を眺め始める。色とりどりなケーキ類の写真を見つめる楪葉の表情は真剣そのものだ。

うんうん唸《うな》りながらケーキを吟味している様子は、先ほどまでの変な方向に真剣だった時とは打って変わって、見ていて微笑《ほほえ》ましいものだった。

「むぅ？　なにを人の顔を見て笑っているんですか？」

いつの間にか頬《ほお》が緩《ゆる》んでいたようだ。楪葉がジト目で睨《にら》んでくる。

「いや、君も女の子らしく甘いものが好きなんだと思ってね。王子郎《おうじろう》としてではなく、楪葉としての君が知れたなら、一つ今日《きょう》の収穫かな」

「べ、別に甘いものが好きなくらい普通です……！」

楪葉がぷいと横を向く。その頬はほんのりと赤く染まっている。

楽しいひと時だった。デートでカフェに出かける。言葉にすれば何気ないものだが、この何気ない経験が漫画家《まんがか》としての貴重な財産になることだろう。

伊織《いおり》がこの穏《おだ》やかな時間を記憶《きおく》に強く刻みこんでいた時、そいつはやって来た。

「お待たせしました！　こちら限定サプライズメニューのトロピカルビッグジュースです！」

圧倒的な存在感の物体がテーブル上にドンと置かれた。巨大なグラスをどぎついコバルトブルーの液体が満たしており、チェリーやメロンといったフルーツがこれでもかと装飾として乗せられている。ただ、一番注目すべきは、飲み口が2本に分かれたストローだろう。ベタにハートマークを描くようデザインされている。

「あの……。このストローは……？」

伊織が問いかけると、満面の笑みを浮かべた店員が曇《くも》りのない瞳《ひとみ》を向けてきた。

「もちろん、お二人は1万組目の記念カップルですからね！　二人で仲良くお飲み下さい！」

「いやいや……。ちょっとこういうのは恥ずかしいんですけど……」

「えー！　カップルなのに一緒に飲むのが嫌なんですか⁉」

店員が大げさに驚《おどろ》くので、伊織も反論の言葉が続かなくなる。

ちらりと楪葉に目を向けると、彼女はカップル仕様のストローに目を向けたまま、顔を真っ赤にして固まっていた。

「……ど、どうする楪葉？　君が嫌でないのなら僕は我慢《がまん》するけど……」

「え……？　そ、それって、一緒に飲むってことですか……？」

「い、言っておくがやましい気持ちはないぞ！　ほ、ほらあれだ。折角お店の人が用意してくれたんだしさ。そうだ！　なによりマンガの勉強のためだよ！　こういうシチュエーションを実際にやってみれば、恋愛マンガの参考になるかもしれないし！」

「……そ、そうですね。私もマンガの参考に一度やっておきたいですし……。あ、あくまでリアリティのためです」

「そうそう、リアリティのためさ。他意はない。他意はないぞ」

二人は無言で頷《うなず》き合《あ》うと、ゆっくりとストローに唇を近づけた。

飲み口を咥《くわ》えると、お互いの顔が鼻息もかかるような位置にくる。

伊織《いおり》はなるべく意識《いしき》をジュースの方に集中させようとする。しかし、すぐ目の前にある、楪《ゆずり》葉《は》の愛らしい唇についつい目線が向いてしまう。

たった今、ストローを通してこの唇と繋《つな》がっている。直接触れ合っているわけではないのに、なんだかイケナイことをしている気分だった。

「――ッ⁉ な、なに撮《と》っているんですか⁉」

その時、激《はげ》しいフラッシュの光とシャッターの音によって、伊織と楪葉は我に返った。

自分たちにカメラを向ける店員を見ながら、二人は慌《あわ》ててストローから口を離す。

「え？ 見ての通り、お二人のラブラブシーンを撮影《さつえい》しているだけですが」

「だけですが――じゃないですよ！ なんでそんなことするんですか⁉」

伊織は顔を赤くしながら立ち上がって、抗議《こうぎ》の声を上げる。

「そりゃあ、お二人は1万組目の記念すべきカップルですからね。撮影した写真は、お店の入り口に未来永劫《みらいえいごう》飾らせていただきます」

「いやいや！　ただの晒《さら》し者《もの》じゃないですか！　……って、なんでみんな撮《と》ってんのッ⁉」

いつの間にか、周《まわ》りの客たちまでニヤニヤと伊織《いおり》たちにスマホを向けている。どうやら、ものの珍しいバカップルだと認定されてしまっているようだ。

あまりの恥ずかしさに、楪葉《ゆずりは》は頭から煙まで上げそうになっている。


カフェから出たあとの伊織と楪葉は、ぐったりとした様子で街《まち》を散策している。

楪葉は先ほどのことを思い出し、隣《となり》を歩く伊織の顔をまともに見ることが出来なかった。ドキドキが止まらない。マンガのためという口実で、伊織にあんなに接近してしまったのだ。

さらに楪葉は、店の中でした会話を思い出していた。

伊織は店で言った。『マンガの神様』が事件を起こすのなら、彼は楪葉を見捨てたりせず、一緒に人質になってくれると言った。

多少なりトラブルに巻き込まれたものの、結局、先ほどのカフェにテロリストが乗り込んでくることはなかった。いつもの楪葉なら今日《きょう》は平穏だったと素直に感謝《かんしゃ》していただろう。

だが今の楪葉は、少し残念に感じてしまっているのだ。

凶悪事件に巻き込まれるなんて愉快《ゆかい》な経験ではないが、どんなに辛《つら》い時間でもすぐそばに伊織がついていてくれるのなら、それはもしかすると価値ある時間になるのではないか。

もちろん不謹慎《ふきんしん》な考えであることはわかっている。実際に何か事件が起これば、伊織だけではなく他の多くの人にも迷惑をかけることになるのだ。

（『マンガの神様』に期待なんてしてはダメなのに……）

伊織の隣を歩きながら、楪葉はそんな悩ましい思いにとらわれていた。

やがて二人は、中央に名物の噴水がある大きな公園に辿《たど》り着《つ》いた。アスレチックなどの屋外設備も充実していて、休日の家族連れが多い。

辺りは人々の談笑の声が行き交う和《なご》やかな雰囲気である。ここにいるだけでリラックスする。

──しかしそんな平和な場所で、楪葉の『期待』は別のかたちで叶《かな》えられることになる。

「か〜のじょ。ちょーかわいいね〜」

「ねえねえ、俺らと楽しいことしなーい？」

楪葉と伊織は、公園内の噴水近くまでやってくると、チンピラ風のガラの悪い男たち三人組に囲まれた。真っ昼間の公園に似つかわしくない様相のこのヤンキーたちは、まるで待っていたかのように楪葉に絡《から》んできたのだ。

楪葉はげんなりした顔になる。こういう経験はいったい何度目だろう。

いかにもゲスな感じの男たちに絡まれる。楪葉としては全《すべ》て『マンガの神様』のせいだと思っているが、彼女の見た目が美少女なことが原因であろう。

そして、いつものパターンなら通りすがりの人（覆面《ふくめん》を被《かぶ》っていたりが多い）に助けてもらうのだが、今日はいつもと状況が違う。

隣《となり》に大事な人がいる。

楪葉《ゆずりは》はそのことに言い知れぬ不安を抱いていた。ちょっとでもこういう事態の訪れを期待してしまった自分自身に嫌悪感《けんおかん》を覚えてしまう。

「……伊織《いおり》くん、こんな人たち相手にしても仕方ありません」

楪葉は隣に立つ伊織の袖《そで》を引っ張りながら、小声で話しかけた。

「ほーら、そんなヒョロ男よりさ、俺らと一緒に行こうよ」

「きゃっ！」

楪葉はヤンキーの一人の金髪男《きんぱつおとこ》に腕を掴《つか》まれ、力ずくで伊織から引き離された。

「おい、やめろ！」

楪葉に手を伸ばそうとする伊織の前に、別のヤンキーが立ちはだかる。

「ん～？　なになに？　文句あんの～？」

「当たり前だ！　そいつを離せ！」

「ああ、ああ、うっせえんだよ！　女の前だからってカッコつけてんじゃゃねえぞ！」

ヤンキーが伊織に凄《すご》む。どう見てもケンカ慣れしている粗暴さだ。

伊織はマンガバカで武闘派《ぶとうは》の人間ではないだろう。まして相手は三人組だ。ケンカにでもなればケガをすることになるかもしれない。

「い、伊織くん。私は大丈夫ですから……。逃げて下さい……。きっと『マンガの神様』がどうにかしてくれますし……」

わざわざ危険を冒《おか》すことはない。伊織が手を出さずとも、きっと何らかの『力』が働いて楪葉は救出される。それがこの手のシーンのお約束だ。

だから逃げるのが一番のはずなのに、それなのに伊織は楪葉の提案に静かに首を振る。

「逃げるわけないだろ」

「アァ⁉ やんのかテメェ！」

ヤンキーたちがいきり立つが、伊織も一歩も引かない。

カフェで語ったように、伊織は楪葉を置いて逃げる選択肢など持ち合わせていない。それに、このままおめおめと逃げ帰るのは、負けず嫌いな彼の性格ではあり得ないことなのだ。

伊織は肩に提《さ》げたスケッチブックなど、荷物を全《すべ》て地面に下ろした。

それから鋭い眼光を放ちながら、驚《おどろ》いた表情のヤンキーたちを一人ずつ見回す。

「……伊織くん？」

伊織が放つそのオーラは、強者のそれだ。背後に「ゴゴゴ」という書き文字までありそうだ。

（まさか、そういう展開ですか……？）

楪葉の胸が高鳴る。もしここで伊織がヤンキーたちを返り討ちにしてくれたら、それこそマンガに出てくるヒーローそのものではないか。

伊織から漂《ただよ》う静かな威圧感に怖気《おじけ》づいたのか、ヤンキーたちも伊織の動きをうかがっている。

そうして場の注目を一身に浴びていた伊織《いおり》が、懐《ふところ》からおもむろに財布を取り出した。

「……え？」

やがて伊織は不敵な笑みを浮かべると、右手をヤンキーたちに向けて突き出した。

「これでも……くらえい！」

伊織が右手の人差指と中指でつまんでいるのは、一万円札だった。

その場にいる、伊織以外の全員がポカンとする。

「……えっと、お前、それ何のつもり？」

戸惑うヤンキーたちを、伊織は鼻で嘲笑《あざわら》った。

「おいおい、見て分からないのか？　金だよ。どうせこれが欲しかったんだろ？　君たちの時給に換算したら一体何時間分だろうね。でもまあ遠慮することはない。くれてやるさ。ありがたく受け取って、好きなところに遊びに行けばいい」

これ見よがしに顎《あご》を突き出し、伊織はヤンキーたちを見下すように言う。

その顔は、楪葉《ゆずりは》から見ても腹の立つ顔だった。

そんな伊織に、一番ガタイの大きいヤンキーがゆっくり近づいた。伊織は、その男が金を受け取りに来たと思ったのだが――、

「うるせえボケ」

「ごふぅッ！」

おもいっきり腹パンされた。

そのたった一発でノックアウトされたのか、伊織は地面に膝《ひざ》をついて悶絶《もんぜつ》している。

「なんだぁこいつ⁉　よぇぇぇぇぇぇぇぇ！」

「ギャハハ！　ワンパンだぜ！　ショボ！」

「よえーくせに調子乗るからだっつーのぉ！　バーカ！」

伊織は立ち上がるどころか、身を起こすことも出来なくて、腹を押さえて苦しそうに地面に顔をこすり付けている。

「や、やめて下さい！　今の伊織くんを殴りたくなった気持ちは分からなくもありませんけど、本当に手を出すなんて酷《ひど》いですよ！」

楪葉は非難の声を上げたが、ヤンキーたちはニヤニヤと嫌らしく笑うだけ。

周《まわ》りの人々は、厳《いか》つい風貌《ふうぼう》のヤンキーたちにビビッて目て見ぬふりをしている。どうやら助けは期待出来なさそうだ。

わが身を呈してでも伊織のことを守るべく、楪葉が前に進み出ようとする。

しかし、苦しげに膝をついた伊織が、手を上げて楪葉の動きを制した。

まだ立ち上がることは出来ないのか、伊織は脂汗《あぶらあせ》の浮かんだ顔だけを上げて、ヤンキーたちを睨《にら》み付《つ》ける。

「……ふふん、お前らあれだろ？　どうせ僕に土下座でもしてほしいんだろ？　そしてその土下座姿をネットにアップでもしたいんだろ？　まったくオリジナリティのない発想で呆《あき》れるが、君らがどうしても僕に土下座してほしいと言うのなら、考えてやらんでもないぞ。だから暴力はやめろ……」

　この期《ご》におよんでも伊織《いおり》は偉そうだった。

「よーし、こいつシメちまおうぜー」

「そだなー。さんせー」

　ヤンキーたち三人は、座り込んだままの伊織を囲み始める。

「おいおいおい、待て待て待て！　お前らちょっとは話を聞け。口より先に手が出るとかどこの蛮族だよ。いいかお前ら、よく考えてもみろ。この僕の土下座が見られる機会なんて今だけだぞ。そのチャンスをみすみす逃す気なのか？　お前ら正気なのか？」

　真顔で拳《こぶし》をバキバキといわせているし、そのまま全員で伊織のことをボコボコにしようというのは明白だった。伊織は最初の腹パンでとっくにダウンしているし、こんな状態では反撃《はんげき》するどころか、何の抵抗をすることも出来ないだろう。

(伊織くん……！)

　楪葉《ゆずりは》は青ざめる。

　ああ、このままでは伊織くんがめちゃくちゃにされてしまう！

　なんとかして助けなければ――。

一人の人物が、楪葉の横を颯爽《さっそう》と横切って、ヤンキーに囲まれた伊織の方に近づいていったのだ。

と、楪葉が思っていた、その時である。

こうなったのは自分が原因なのだ――。


すれ違いざま、その横顔を確認して、楪葉はハッとする。

――どうやら『マンガの神様』は、楪葉たちを見捨ててはいないようだ。


「それくらいで勘弁したってくれへんか？」

振り返るとキャップを被《かぶ》った少年。

その少年は、上に羽織《はお》ったジャージのポケットに、手を突っ込んで立っている。

ヤンキーたちはピタリと止まり、そちらにガンをつける。

「あ？　なんだてめえ？」

「んー、まあ『通りすがりの同業者』ってやつやなあ。そいつにケガされると、ボクがちょっと困るもんで」

「はあ？　何言ってんだコラぁ？　うるせえんだよ！」

いきりたったヤンキーが少年に詰め寄り、勢いそのままに殴り掛かる。少年の顔面目がけて放たれたパンチは、威嚇《いかく》ではなく明らかに当てることを狙《ねら》ったものだった。

「……あ？」

しかし、その拳《こぶし》が少年を捉《とら》えることはない。少年は慌《あわ》てた様子もなく、わずかに身をずらしただけでヤンキーの一撃《いちげき》をかわしたのだ。

「今すぐ消えたら痛い思いせんですむけど、もう次はないで」

見るからに自分たちより力のなさそうな細身の少年から掛けられたその言葉を、ヤンキーたちは挑発の言葉と受け取った。

三人一様に怒りの表情を浮かべると、最初に殴り掛かった一人がまたしても少年に突撃する。大柄な体格と相まって、その勢いやまるで猛牛《もうぎゅう》のようだ。

だが猛牛となったヤンキーに挑まれた少年もまた闘牛士《とうぎゅうし》のように落ち着いていた。音もなく体をわずかにずらしただけで、まるで魔法《まほう》でもかけたかのようにヤンキーの突撃をかわす。

「なッ⁉」

しかも、今度はかわした際にヤンキーに片足を引っ掛けるおまけつき。

「………ッ⁉」

哀れ、そのヤンキーは勢いそのままに顔面からアスファルト道路に突っ込み、交通事故のような派手な衝突音《しょうとつおん》をあげると、そのまま起き上がることはなかった。

「あーあ、正当防衛やで」

「て、てめえこの野郎！」

残りのヤンキー二人のうち、金髪《きんぱつ》の男が怒声をあげながら少年に詰め寄る。

間合いを詰めた金髪が少年に向けて手を伸ばした瞬間《しゅんかん》、少年の体が躍動《やくどう》した。跳《は》ね上《あ》がるように地面からときはなたれた少年の左足が、金髪の右脇腹《みぎわきばら》にめり込む。

「あ……あが……!?」

金髪は苦悶《くもん》の表情を浮かべて地に伏せ、そのまま動かなくなった。

「……三日月蹴《みかづきげ》りか。なるほど。てめー、空手家だな」

一人残されたヤンキーが、その場で体を半身に構《かま》えたファイティングポーズを取ると、左ジャブで二度三度と空を切った。明らかに素人《しろうと》の動きではない。

「でもまあ、俺は元プロボクサーでな。そこで寝転がっている二人とは違うぜ」

元ボクサーのヤンキーが、軽やかなフットワークで少年に近づく。

「あんたの言ったこと、前半は正解で、後半は間違いやな。確かにあんたのお仲間を倒した蹴りは、肝臓《かんぞう》を狙った三日月蹴りや。けど、ボクは空手家なんかやない——」

少年がそこまで言ったところで、いきなりヤンキーが体ごと突っ込む。それはボクサーならではの高速のステップイン。腕力だけではなく体重を乗せた左ジャブが少年に迫る。

そこから先は、まるでマンガだった。

少年はヤンキーの一撃をしゃがみ込んで回避するや、重力などないかのように高々と跳《と》び上《あ》がり、空中で体を後方に一回転させながら、つま先でヤンキーの顎《あご》を正確に蹴《け》り上《あ》げたのだ。

——ドゴッ——。

背景にそんな効果音が描かれているような気がした。

ふらふらと後退したヤンキーが、どさりと大の字に倒れる。

最後のヤンキーを仕留めた少年は、何ごともなかったかのように悠々《ゆうゆう》と着地した。

ただ、キャップだけは空中で回転した拍子に取れてしまったので、隠れていた端正な顔があらわになる。


「——ボクは漫画家《まんがか》や」

その少年、『西の高校生漫画家』こと高良《こうら》翔太郎《しようたろう》は、涼しげな顔で言ってのけた。

◆

「大丈夫ですか、伊織《いおり》くん?」

楪葉《ゆずりは》は寄り添うように横に付きながら、伊織の顔を覗《のぞ》き込《こ》んで心配の声を掛ける。

公園内にあった屋根付きのベンチで伊織は力なく座っている。苦しくて返事が出来ないのか、情けなくて口をききたくなかったのかは分からないが、黙って俯《うつむ》いたままだ。

「ほれ」

翔太郎がベンチと同じ木製《もくせい》のテーブルにペットボトルの水を置く。近くの自販機で買ってきたもののようだ。翔太郎はさっきあれだけのことをしたのに息を全《まった》く切らさなかったし、今も余裕の表情である。

「……施《ほどこ》しのつもりか？」

それを横目で見て伊織はようやく口を開く。背中を丸め、声の調子からしてもかなり憔悴《しょうすい》しているようだ。

あわやフルボッコにされかけた伊織だったが、辛《から》くも高良翔太郎に救われた。しかし、あの腹パンのダメージがかなり尾を引いているようだ。元ボクサーのパンチだったのだ、伊織でなくてもこのようにグロッキーになる。

「はよ飲めや」

「……これ以上、君の世話になるつもりはないぞ」

折角買ってきた水に手をつけない伊織を見て、翔太郎は呆《あき》れた表情をする。

「なに強がってんねん。飲んどけや。めっちゃ汗もかいてるやんけ」

「うるさい！　大体どうして僕を助けた！」

伊織は激《はげ》しい剣幕で顔を上げる。

「ふーん、なんや、思ったより元気そうやん。その威勢やったらもう大丈夫やな」

「質問に答えろ！」

翔太郎《しょうたろう》はため息をつき、屋根を支える柱に腕を組んでもたれかかった。

「ああいう、群れななんも出来んやつらがムカツクし、放っておけんかったんや。それに、キミに手でもケガされたら困るやろ。それでキミが勝負のマンガ描けなくて不戦勝とかなっても全然嬉《うれ》しないしな。ボクは正々堂々、実力でキミのこと倒したいねん」

そこまで言うと、今度は伊織《いおり》の隣《となり》に座る、楪葉《ゆずりは》の方を一瞥《いちべつ》する。

「あと、キミのこと助けな、編集長に申し訳立たんからな。楪葉さん」

「………」

楪葉は会釈《えしゃく》する。

翔太郎は、あの日、伊織がやってくる前に編集部内で楪葉と対面しており、その時に勅使河《てしが》原《わら》編集長から娘と紹介されていたのだ。だから二人は既《すで》に顔見知りなのである。

「マンガのアイディア探しと、観光《かんこう》がてら、このあたりをブラブラしてたら『偶然』キミらを見つけてな。まあなんにせよ助けられて良かったわ。しかし驚《おどろ》いた。左右田《そうだ》、キミ、編集長の娘さんと付き合っとったんか」

「バカか！　付き合ってなんかないよ！　変な勘違いをするな！」

「なにを怒ってんねん。言っとくけど、別にそれでキミの連載《れんさい》が有利になるとか思ってへんしな。あの編集長はそういうの関係ない感じやし。あくまで実力だけで見る人や」

椋葉は同意して頷《うなず》く。

現に勅使河原編集長は、当時まだ小学生だった椋葉の連載《れんさい》を許可したくらいなのだ。椋葉の父が旧友だということも関係なく、あくまで【スタプリ】の面白さを認めた結果である。実力主義の最たる人だ。

「高良《こうら》翔太郎くん、でしたね。改めて助けていただいてありがとうございました」

椋葉の言葉に、翔太郎は柱にもたれかかったまま、軽く右手を上げて応じる。

「それにしてもさっきの凄《すご》かったです。とてもお強いんですね。まるでマンガみたいでしたよ。それだけ強いのに、漫画《まんが》家さんというのがさらに信じられないです」

ルックスからしてもイケメンだし、さっきヤンキーたちを鮮やかに倒す翔太郎の姿を見ていた周《まわ》りの女性ギャラリーたちは、その強さとカッコ良さに黄色い声を上げまくっていた。

「ああ、実家が道場やっててな。ちっちゃい頃《ころ》から親父に鍛《きた》えられてんねん」

マンガ【不破門峠《ふわもんとうげ》の無法者《デスペラード》】にもその経験が生かされていたのだろう、とんでもない格闘《かくとう》スキルだった。あの動きをマンガにトレースしていたのだろうか。

「うち、何百年と続く古武術の道場でな。ボクはそこの跡取りやねん。だから、物心つく頃から毎日のように武術の稽古《けいこ》をさせられてたってわけや」

「道場の跡取り？　それじゃあ漫画家にはなれないんじゃないですか？」

椋葉の問いかけに対し、翔太郎は表情を強張《こわば》らせる。

「……道場を継ぐ気はないよ。さっきのかって、ボクが求めて得た『力』とちゃう。ボクは漫《まん》画家《がか》になる。マンガはボクにとって『家』より大切な存在やねん」

自分の手のひらを見つめながら憂いを帯びた表情で語る。どうやら彼の頭の中では回想シーンが始まっているようだ。

「ボクは生まれた時から親に決められた道を強要されて、武術の修行に明け暮れとった。学校から帰れば修行。休みの日も修行。そうやって日々、技を身につけていくことに達成感が０ってことはなかったけど、苦しさと辛《つら》さの方が大きかった。自分で本気でやりたい思ってやってることと違うんやからな。毎日に虚《むな》しさすら感じとったわ。——で、そんな時に出会ったんがマンガやった」

急に翔太《しょうた》郎《ろう》は、心底嬉《うれ》しそうな顔に変わる。今までずっとクールだった顔が、子どもっぽく映った。

「なんて言ったらええんかな、オモロイマンガを読んでると、そういう曇《くも》った気持ちが一気に晴れていくねん。こんな『世界』が世の中にはあるんかって驚《おどろ》きもしたし、マンガを読んでいくうちに、自分もこんな『世界』を表現出来たらええなって思った。それからボクは、親父に隠れて自分でもマンガを描くようになったんや。いつからか腕っぷしよりも、マンガの腕を欲すようになっとったわ。オモロイマンガを描けるようになるために、描いて描いて描きまくったった。ほんで中学生の頃《ころ》、自分の描いたマンガをネットに上げてみたらめちゃくちゃ評判でな。それをきっかけに本気で漫画家になりたいと思った。『家』とか『血』とかに縛《しば》られない、このボク自身が本気でやりたいもんが見つかったわけや」

伊織《いおり》はベンチに座ったまま、黙ってその語りを聞いていた。

「ボクはマンガで結果を出して、親父を認めさせなアカンねん。ボクにとって道場よりも大事なものを親父に見せつける。ボクの本気を伝えるにはマンガで結果を出すしかない。日本一の雑誌『週刊少年ライン』で連載《れんさい》をする、そのために家出同然で大阪から出てきたんや。キミに負けてる暇《ひま》なんてないねん。全力のキミと戦って『ライン』の連載もぎ取って夢を叶《かな》えたる」

その倒すべきライバルに向けて、翔太郎は真剣な面持ちで力強く指を差す。

「──左右田《そうだ》伊織。せいぜい首を洗って待っとけや」

そこまで言い終えると、翔太郎はその場から立ち去っていった。

去りゆくその背中からも、伊織との勝負と、『ライン』連載への強い気迫を感じ取れた。

「驚《おどろ》きましたね。翔太郎くんは道場の跡取り息子さんでしたか。どうりであんなに強いわけです。まるでマンガみたいな設定ですが、これで納得は出来ました」

楪葉《ゆずりは》は、遠目で翔太郎の背中を見届けてから呟《つぶや》く。

「親に決められた『道』から踏み出し、自分で自分が決めた『道』のためにあえてその渦中《かちゅう》に飛び込む。相当の覚悟と勇気がいることでしょう。とてもカッコイイと思います。彼、まるで主人公ですね」

そうしみじみと楪葉《ゆずりは》が言ったところで、伊織《いおり》はベンチからゆっくりと立ち上がった。さっきはふらついていたが、今はきっちりと自分の足で直立している。

「伊織くん？　もう殴られたお腹は大丈夫なんですか？」

「帰る」

「え？」

どうしたことか、伊織は心配する楪葉を目にも留めず、公園の出口に向かって歩き出した。

慌《あわ》てて追いかけ、楪葉はその横に付く。

「帰るって……。あの、デートの続きは……？」

「そんなことをしている時間はもうない」

焦りの色が見える表情だった。足の運びも異常に早い。高良翔太郎《こうらしょうたろう》のマンガに対する只《ただ》ならぬ思いを知ったのだ、そのことで大きく動揺してしまったのだろうか。

「……伊織くんが焦る気持ちは分かります。ですが、恋愛マンガのアイディア収集はどうするつもりなのですか？　何かヒントは見つかったのですか？　闇雲《やみくも》に執筆をしたところで、いい結果は――」

「そんなもの、描きまくれば見えてくる！　放っておいてくれ！」

伊織は、楪葉を振り切るようにして走り出した。

「伊織くん!?」

振り返らず全力で走る。

猛《もう》スピードで公園を駆け抜ける。

一度も楪葉の顔を見ることが出来なかった。

——恥ずかしかったのだ。

情けなくも、あの高良翔太郎にヤンキーたちから助けられてしまった。楪葉を助けるはずが、ライバルの翔太郎にその役を奪われた。

しかも彼は、バトルマンガの主人公のように、複数の相手をカッコ良くノックアウトしていた。見た目だってめちゃくちゃ美少年である。どんな女の子だって、あっちになびくだろう。

それだけじゃない。

凄《すさ》まじいのは、連載《れんさい》に対する覚悟の強さだ。

高良翔太郎は家を飛び出してきてまで『週刊少年ライン』の連載に賭《か》けている。人生を捧げていると言っても過言ではない。

それに比べて自分はどうだ。ここで負けたところで、実質、失うものなんてない。

そもそも、高校を卒業すれば連載出来るというのが、元々の約束だった。『ライン』上で杜《もり》若王子郎《わかおうじろう》と同時に連載するために急いできたが、たとえ【スタプリ】が終わっても杜若王子郎は新しく連載を始めるだろうし、別の雑誌に移ったとしても戦うことは出来る。日本一の漫画《まんが》家《か》になるという一番の目標は、変わらず遂行出来る。

家族や周《まわ》りの友人も漫画家《まんがか》の夢を応援してくれているし、楪葉《ゆずりは》や漫研《まんけん》の皆とマンガについて語り合うことも出来る。置かれた環境としては贅沢《ぜいたく》なくらい充実している。

一方、高良翔太郎《こうらしょうたろう》は、関西から単身こちらに乗り込んで戦っているのだ。己《おのれ》の夢を叶《かな》えるために全力で走っている。もしかしたら、今回の戦いに勝たなければ、後がないのかもしれない。漫画家としての一大勝負なのかもしれない。

それは間違いなく、彼の『強さ』に繋《つな》がっている。

――ルックス。――ケンカの強さ。――マンガの面白さ。――連載《れんさい》に対する想《おも》い。

考えれば考えるほど、今の自分は、何もかもがあの少年に劣っているように思える。

――漫画家としても、一人の男としても。

「……伊織《いおり》くん」

一人その場に取り残された楪葉は、走り去る伊織の背中を、不安そうに見送ることしか出来なかった。

距離にすれば、30メートルほど、離れた場所。

オペラグラスでずっと伊織たちの様子を眺めている、一人の女性がいた。

彼女は、悲痛な表情で走っていく伊織の姿をしばらく追う。

「――青春ね」

愉快《ゆかい》そうにそう呟《つぶや》く。

女性は公園内にあるオープンカフェの椅子《いす》に腰掛けていた。

その位置から伊織が視認出来なくなると、オペラグラスをしまい、羽毛の付いた西洋風のフリル扇子《せんす》で自分を扇《あお》いだ。

そうしてから、目の前のティーカップに注がれているローズヒップティーに口をつける。彼女が持つ気品と優美《ゆうび》さは、中世ヨーロッパの貴族を思わせるものだった。

「先生！　こんなところにいらっしゃったのですか⁉」

と、そこに背広を着た男が大慌《おおあわ》てで駆け寄ってくる。

「あら。よくここが分かったわね」

走ってきて汗だくの男とは対照的に、女性の方は優雅にお茶の香りを楽しんでいる。

「先生のアシスタントさんから情報を貰《もら》いまして駆けつけてきた次第です！　それより原稿《げんこう》はもう出来てらっしゃるんですか⁉　締《し》め切《き》りは明日《あした》なんですよ！」

その問いを受け、ド派手な扇子で口元を隠し、

「……昨夜、言ったはずよね。筆が乗らないって」

冷たい視線を男に送る。午後のティータイムを邪魔《じゃま》されて、不機嫌《ふきげん》なご様子である。

「そ、そんな！　そこを何とかお願いしますぅ！　『ラベンダー』の読者は先生の作品を心待ちにしてるんですよぉ!?」

男はその場で土下座でもしそうな勢いだった。

それに対して、彼女は滑稽《こっけい》な見世物を楽しんだかのような笑みを見せる。

「……ねえ、一つ聞いてもいいかしら。あなた、恋愛は『サスペンス』だと思う？　それとも『ミステリー』だと思う？」

「はいぃ？」

ふいの女性からの問いかけに、男は困惑するばかりで答えられない。

「いやね。昔、ある人が、そんなことを言っているのを聞いたことがあってね。その人が言うには、恋愛マンガは『サスペンス』か『ミステリー』のどっちか、なんですって。――でもね、私はそうじゃあないと思うの。実は恋愛って、もっと分かりやすいものなのよね」

依然、男は反応に困っている。

「……ウフフ、何でもないわ。ちょっと昔のことを思い出しちゃってね。忘れて」

女性は一瞬《いっしゅん》遠い目をしてから、男に笑いかける。

「そうそう、実を言うとね、今、すごくいい『イマジネーション』が湧《わ》いてきてるの。それを原稿《げんこう》にぶつけたくて仕方ない気分なのよ。だから、今から帰って残り15ページすぐに終わらせてあげるわ」

「え⁉　ほ、本当ですか⁉　ありがとうございます！　では、すぐにお車をご用意します！

あ、お支払いまだでしたら、私がやっておきますので！」

女性は悠々《ゆうゆう》と椅子《いす》から立ち上がり、オープンテラスを後にする。

「ささっ！　こちらです！」

男の先導に従って、上品な物腰でスカートを翻《ひるがえ》す。

彼女は優雅《ゆうが》に歩いているのだが、その『異様な服装』のせいで、すれ違う人は皆、思わず振り返ってしまう。カフェの中でもずっと注目を集めていたくらいだ。

大きなスカートを器用に収納しながら、その女性は男の運転する車に乗り込む。

バックミラーでそれを確認した男によって、車のエンジンがかかる。

「それではよろしくお願いします！　糸屑《いとくず》先生！」

「ええ、よしなに」

少女漫画家《しょうじょまんが》《か》の糸屑ほたるは、パチンと扇子《せんす》を折《お》り畳《たた》んだ。そして、担当編集の運転する車で仕事場へと向かう。

『面白い恋愛マンガ』を描くために――。

第三章　その名は糸屑ほたる

月曜日

その日、杜若《もりわか》楪葉《ゆずりは》は、珍しく早めに学校に来ていた。

昨年や、今年の初めに至っては、彼女が登校すること自体が珍しかったのが、漫研《まんけん》に復帰して以来、毎日休まず学校に通っている。クラス内では相変わらず無口だが、『漫研』という学校での『居場所』が出来たので、それが毎日の楽しみなのである。

それでも遅刻ギリギリの登校がお決まりだ。家政婦の天宮《あまみや》に起こしてもらい、そのまま寝ぼけた状態で、制服から下着まで全部着替えさせてもらうのが杜若邸の朝の風物詩である。

しかし、今日《きょう》は自分で起き、自分で着替えもして、こうしてかなり早めに学校へと辿《たど》り着《つ》いた。楪葉にお着替えをしてあげられなくて不機嫌《ふきげん》な天宮を放置し、彼女の作った朝ご飯もそこそこに、さっさと屋敷を出てきたのであった。

到着するや、校門の前で人待ちをする。相手は左右田《そうだ》伊織《いおり》だ。

特別、待ち合わせをしているわけではない。これは楪葉が勝手にやっていることだ。伊織は遅くとも、チャイムの鳴る15分前には必ず教室に入るという。前に漫研でそういう話をしているのを聞いた。そうなると、そろそろ現れてもおかしくないはずだが。

（……大丈夫でしょうか……）

楪葉は不安げな表情で制服の胸元をぎゅっと握った。

この間の土曜日のデート以来、伊織と連絡が全《まった》く取れていなかった。

あの日、伊織と別れたあと、心配して彼に電話をかけてみたのだが繋《つな》がらなかった。メールも送ったが返事はなかった。

ヤンキーに殴られていたこともそうだが、かなり思いつめている様子だったのが気がかりである。次の日の日曜日にも何度かしてみたが、やはり連絡は一度も取れなかった。

学校でなら会えるだろうし、いち早く伊織の無事を確かめるために、楪葉はこうやって彼の登校のタイミングを狙《ねら》ったわけだ。

校門の塀《へい》にもたれかかり、伊織がやってくるのをひたすら待つ。

何ともいじらしい姿である。

「……あ」

見えてきた。制服姿の伊織がこちらに向かって歩いてくる。特にいつもと変わらない表情だ。血色も良い。2日経って殴られたダメージはすっかりなくなったようである。

「伊織《いおり》くん」

楪葉《ゆずりは》はホッとした面持ちで小さく手を振った。

「…………!?」

どうしたことだろう、伊織は楪葉に気づくと慌《あわ》てて目を逸《そ》らし、ビクビクと挙動不審な動きをし出した。

「え？」

伊織はこちらに近づくにつれ、段々と早歩きになり、ついには楪葉の方を見ないようにしながらそのまま校門をくぐろうとしている。

「あの、どうして無視するんですか……？」

返事をせず、伊織はぐんぐんと歩いていく。

「もしかしてまだ調子が悪いんですか？　やっぱり殴られたところが痛むのですか？」

楪葉はちょこちょこと伊織のあとを付いて校舎の中に入った。

結局、伊織のクラスの教室の前まで追いかけたが、何回話しかけても一言も口をきいてくれないし、目を合わせるどころかこっちを見ようともしない。

そのまま伊織が教室の中に入って行くのを見送るしか、楪葉には出来ない。

「うい〜っす」

「……おはよう」

教室内で伊織は、楪葉の知らないクラスメイトの男子には挨拶《あいさつ》を返している。

「お、おい左右田《そうだ》。なんかドアのところで可愛《かわい》い女子がお前のことをめっちゃ睨《にら》んでるぞ」

それを確認した楪葉は「ぐぬぬぬ」とドア陰から伊織を睨み付けるのだが、やはりこっちに見向きもしないのだ。明らかに自分のことだけを避けようとしているようだが。

「い、伊織くん……！」

そこで楪葉は、思い切って教室に踏み込んで自分の席にカバンを降ろす伊織に近づく。

「……ひっ……」

すると伊織は慌てた動きで席から離れ、楪葉に接触しないようにしながら廊下に飛び出してしまった。まるで鬼ごっこで鬼からタッチされないようにする動きだった。

あんまりの扱いだが、怒りは湧《わ》いてこない。驚《おどろ》きと困惑が勝《まさ》るばかりである。

「待って下さい……！」

楪葉はめげずに廊下に出て追いかけた。『廊下は走らない』というルール遵守《じゅんしゅ》を心掛けているつもりか、伊織はあくまで早歩きで楪葉から逃げる。

「私、伊織くんに何かしてしまいましたか？　……でしたら謝《あやま》ります」

答えず、止まらず、伊織は廊下を歩き続ける。必死に背中に話しかけるかたちになる。

「もしかして、翔太郎《しょうたろう》くんとのこと気にしてるんですか？　ライバルにあんな風に助けられてカッコ悪かったとか、そう思ってるんですか？」

考えられる理由はこれだろう。

あの日、翔太郎《しようたろう》に色々と差を見せつけられたことにショックを受けている様子だった。プライドの高い伊織《いおり》のことだから、楪葉《ゆずりは》にその姿を見られたのが恥ずかしくてさっきから避けているのだろうか。

「だとしたら見当はずれですよ。伊織くんはカッコ悪くなんてありませんでした」

「…………」

「……私、嬉《うれ》しかったんですよ。やり方はどうあれ、伊織くんは私のこと助けてくれようとしたんですから」

お金で解決しようとしたりと、情けない姿を披露《ひろう》こそしたが、最初にヤンキーたちに立ち向かおうとした姿は間違いなく勇ましいものだった。何より楪葉を助けようと行動したことには違いないのだ。

「よく考えてみて下さい。翔太郎くんは家が道場だから強いし、ああやって戦えるのはある意味当たり前のことなんです。でも、伊織くんは力がなくても、それでも怖そうな人たちに立ち向かっていきました。それってとても凄《すご》いことなんですよ。凄く偉いと思います」

その言葉に、伊織は少し反応を見せる。

「あの時、私、翔太郎くんのことをカッコイイとか言っちゃいましたけど、私は、伊織くんの方がカッコ良かったと思います……」

ようやく伊織は歩くスピードを緩《ゆる》め、目こそ合わせなかったが楪葉の方をチラリと見た。

しかし、それは懐疑《かいぎ》溢《あふ》れる目つきで「どうせお前も翔太郎派なんだろ？」と、そう言っているように楪葉には見えた。


「本当です！　私は伊織くんの方が好きです！」


だから、思わずそんなことを大きめの声で言ってしまった。

今、偶然廊下には二人だけだったので、幸い他の誰《だれ》にも聞かれていないが、勢い余って何てことをしてしまったのだろうと、楪葉は顔を赤くした。

やばい、これじゃあ告白みたいじゃないか、と。

「……やめて……くれよ……」

だが、伊織はうわ言のようにそう呟《つぶや》くばかりで止まろうとしないし、むしろまた歩を早めた。

「ま、待って下さい！」

きちんと理由を知りたい。

彼のこの態度の理由を。

楪葉は必死に追いかけながら、伊織の背中に手を伸ばす。

——その時、楪葉の視界が急速に落ちる。

「あっ」

先に断っておくが、楪葉《ゆずりは》は決してこれを狙《ねら》ったわけではない。伊織《いおり》の腕を引っ張って進行を止めようとはしたが、そんなことをする気なんて一切なかった。

――蹴《け》躓《つまず》いて転び、その勢いで伊織の背中にベッタリと抱き付いてしまったのだ。

「!?」

伊織は、楪葉を背中にくっ付けたままその場に立ち止まる。

「…………………………」

こうやって0距離で密着したのは初めてだった。

「……………………………っっっ！」

違うんです！　これはあれです！　『マンガの神様』の仕業《しわざ》なんです！　と言い訳しようと思うが、極度の緊張《きんちょう》で声が出てこない。

(ダ、ダメです……！)

楪葉は大慌《おおあわ》てで伊織の背中から飛《と》び退《の》いた。

離れたあとも、伊織は向こうを見たまま固まっている。

「……伊織くん？」

「どひゃあああああああああぁぁぁぁぁぁッ！」

突如《とつじょ》、伊織は奇声を上げ、とうとう廊下を走って逃げて行ってしまった。

あんまりな反応に、楪葉は追いかけようという思考すら湧《わ》いてこなかった。彼は廊下を曲がって行ってすぐに見えなくなった。

普通じゃない。

今のは幽霊《ゆうれい》とか妖怪とか、そういう恐怖の対象から逃走するような、そういう反応だった。

「…………っ」

（……ああ、やっぱりそうなんですね……）

これで確信した。

そう考えたくなかったし、そう考えるのを、楪葉はどうにか避けようとしていた。

だけど、もはや考えられる理由はそれしかないのだ。

『マンガの神様』だ。

楪葉の『マンガの神様』のせいで痛い目を見たからだ。

伊織自身、今までは直接被害を被《こうむ》ったわけではないが、今回はヤンキーたちに酷《ひど》い目を見せられた。そのことで、とうとう『マンガの神様』の恐ろしさを自覚したのだろう。

今まではどこか他人事に捉《とら》えていたのが、２日前のあの出来事によって気持ちが打って変わってしまったのだ。

このまま楪葉と一緒にいれば自分に新たな災《わざわ》いが及ぶ、と。

——何が起ころうが傍《そば》にいると言ってくれたのに——。

──あれは嘘《うそ》だったのか──。

──伊織《いおり》までも、自分から離れて行ってしまうのか──。

(また私は孤独になるのでしょうか……?)

その問いかけに誰《だれ》も応《こた》えてくれるわけもなく、楪葉《ゆずりは》は廊下の真ん中に立ち尽くした。


「くそっ！　くそっ！」

一方その頃《ころ》、男子トイレに飛び込んだ伊織は、洗面台で顔を何度も洗っていた。前髪《まえがみ》がズクズクになっているが、構わず冷水を顔面にぶつけ続ける。

そうやって昂《たか》ぶった心を落ち着けようとしているのだ。

「くそっ……。あいつ……」

(どうして『こういう時に』限って、ああいうことをしてくるんだよ……！)

楪葉に抱き付かれた感触と温《ぬく》もりが背中に残っている。

伊織はドキドキが止まらなかった。忘れようと首を何度も横に振る。

──こんなことで折れるわけにはいかない。

楪葉に何をされようが、何を言われようが、耐えなければならないのだ。

──全《すべ》ては面白いマンガのためなのだから。

◆

土曜日

時間は遡《さかのぼ》り、楪葉と『デート』をしたあの日の夜のこと。

楪葉を置いて公園を走り去り、ダッシュで自宅に飛び込んだ伊織は、勢いそのままに階段を駆け上がって、自室の机の上の原稿《げんこう》に向かっていた。

しかし、時計の針が進むばかりで、ペンは完全に止まってしまっている。

「ああ！　ダメだッ！」

机に両肘《りようひじ》を突き、頭を抱える。

部屋の床にはクシャクシャの紙が散らばっている。

焦るばかりで何のアイディアも浮かばない。ともかく適当にペンを走らせてみても上手《うま》くいかず、当たり散らすようにしてその描いた紙を丸めてしまうのを繰《く》り返《かえ》してしまった。

何かヒントを得ようと、日芽《ひめ》から力づくで取り返してきたノートパソコンで、高良《こうら》翔太郎《しようたろう》の【UTSUSEMI《うつせみ》】を読み返してみる。

「……くそぉ……」

やはり、何度読んでも面白い。

ネットに上げられている他のマンガも読んだが、これが圧倒的だった。他のジャンルの作品はこちらが上を行っていると思えるが、【UTSUSEMI《うつせみ》】にだけは勝てる気がしない。

マンガを描く能力《ステータス》をグラフで表せば、恋愛マンガのパラメーターが突出しているのだ。楪《ゆずり》葉《は》が言っていたように、伊織《いおり》の全能力値が7~8に位置しているとすれば、翔太郎《しょうたろう》の他の能力はせいぜい5~6だが、恋愛ジャンルに限っていえば9以上ある。

そうなると、何故《なぜ》やつはここまでの恋愛マンガが描けるのかが問題になってくる。

【不破門峠《ふわもんとうげ》の無法者《デスペラード》】は、父親から受けてきた武術の修行による『経験』が、良質なバトルシーンを生む力になっているというのは理解出来る。

では、恋愛マンガについてはどうか。

おそらくだが、それに匹敵、あるいは超《こ》えるような、大恋愛の『経験』を高良《こうら》翔太郎は持っているのだろう。顔はイケメンだし、ケンカも強い。さぞかしモテるだろうし、今まで女の子に不自由してこなかったに違いない。

その豊富な『恋愛経験』を作品に投影し、そのお蔭《かげ》でここまでの恋愛マンガを描けるということなのかもしれない。

だとしたら、今から伊織が同様の『恋愛経験』を積むことは不可能だ。

「いや、別に本気出したらいけるよ？　僕だって彼女とかすぐ作れちゃうよ？　時間が少なすぎるだけだよ？」と、伊織は心の中で言い訳をする。

ともかく、面白い恋愛マンガを描くための、新しい手段を探し出さなければならない。

だが、その妙案が浮かばない。

それを『見つけ出す手段』自体が伊織の手元には存在しなかった。

時間だけが刻々と過ぎていく。

「…………………………」

そうやって悶々《もんもん》と頭を抱える伊織のすぐ横で、電話のコール音が鳴り出した。

スマホの画面を見てみると、担当編集の美野里川《みのりかわ》からの連絡だった。

「……どうも、美野里川さん」

《伊織ちゃんどう？　調子の方は？》

「はっきり言って、最悪ですね……」

普段の伊織ならいくら調子が悪くても、こういう愚痴《ぐち》を美野里川にこぼしたりしないので、それほどまでに追い詰められている証拠といえよう。

《そっか……。ゴメンなさいね、いいアドバイスをしてあげられなくて……》

美野里川の方も、他の作家との打ち合わせの合間を見つけては連絡を取ってくれているのだが、具体的な勝利の道筋を立ててやれず申し訳なく思っているようだ。

《気分転換にでもなればと思ったんだけど、やっぱりそんな時間ないって感じかしらね……》

「なんの話ですか？」

《ああ、いやね、アシスタントをしてみないかって話。伊織《いおり》ちゃん、もしそういう話があったら振ってくれって前に言っていたし》

「アシスタント……ですか……」

《ええ、そうよ。急遽《きゅうきょ》人手が必要になったそうでね、明日《あした》の日曜日からしばらく一人派遣して欲しいらしいのよ》

勉強になるだろうし、一度くらいは他の漫画家《まんがか》のアシスタントをしてみたいと思ったことはあるが、タイミングが悪すぎる。今が最《もっと》も時間も余裕もない瞬間《しゅんかん》だった。しかも、いきなり明日から来てくれとは、あまりに突然すぎるではないか。

「すみません、美野里川《みのりかわ》さん。折角のお話ですが、今はさすがに」

伊織はため息混じりに言った。

《ううん、そりゃそうよね、ごめんなさい。分かったわ。糸屑《いとくず》ほたる先生には、アタシからお断りのご連絡しておいてあげるわね》

その名を聞いた瞬間、伊織は目を見開く。

電話を耳に当てたまま勢いよく椅子《いす》から立ち上がった。その反動で椅子がひっくり返って倒れてしまっている。

「ちょ！　ま、待って下さい！　今、誰《だれ》に連絡するって言いました⁉」

《え？　糸屑ほたる先生よ》

「その話、詳《くわ》しくお聞かせいただけますか⁉」

——糸屑ほたる。

楪葉《ゆずりは》や萌黄《もえぎ》がしゅっちょう話題にしている少女漫画家の名前だ。この間、漫研《まんけん》でも話に出たばかりだし、特に印象に残っている。

代表作の【影縛り《かげしば》】を初めとして、男女の恋愛をテーマにした作品を専門としている。女性の支持が圧倒的ではあるが、男性の多くもそのマンガの虜《とりこ》になる者が後を絶たないという。

『——恋愛描写だけでいえば、杜若王子郎《もりわかおうじろう》を凌駕《りょうが》しているかもしれません——』

以前、楪葉自身が零《こぼ》すようにそう言っていたことがある。

それほどの実力を持った漫画家なのだ。

《えっとね、何でも、急にアシスタントが一人欲しいってことらしいのよ。糸屑先生が描かれてる雑誌の『ラベンダー』ってうちと同じ系列じゃない？　だから編集長を通じてこっちにも話が降りてきたの。ちょうど恋愛マンガの勉強にもなるだろうし、伊織ちゃんがいいんじゃないかって編集長がアタシに言ってきたわけよ。恋愛マンガじゃあ、めちゃくちゃ有名な先生だしね。けど、いきなり明日なんて大変だろうし、断っても問題ないって——》

「お受けします」

伊織は、1ミクロも迷いのないはっきりとした口調でそう言った。

《だ、大丈夫なの？　原稿《げんこう》描く時間だって取られるし……》

「問題ありません。是非、やらせて下さい。むしろ、このままの状態で原稿《げんこう》を描く方が時間の無駄というものです。今までどおり描いた作品では、高良翔太郎《こうらしょうたろう》には勝てません。ですが、もしも糸屑《いとくず》ほたる先生と直接お会いし、恋愛マンガのノウハウを聞くことが出来れば、やつの上を行ける可能性があります」

優《すぐ》れた人間のやり方を真似する、それは昔から伊織《いおり》が推《お》してきた方法だ。

しかも、杜若王子郎《もりわかおうじろう》と同等か、それ以上の恋愛マンガを描ける糸屑ほたるともなれば、見習わない手はない。

『杜若王子郎流』でなく『糸屑ほたる流』――それが今回の勝負の鍵《かぎ》になるかもしれない。

「美野里川《みのりかわ》さん。お願いします。やらせて下さい」

《……伊織ちゃん。いいわ、分かったわ。OKの返事しておいてあげる》

「ありがとうございます」

《うふふ。声の調子、いつもの感じに戻ったんじゃないの？　その方が伊織ちゃんらしくていいわよ》

暗雲の中に、光が見えたからだ。間違いなく得るものがあるだろう。

高良翔太郎を超《こ》えられるような貴重な『経験』を。

糸屑ほたるは『ライン』とは雑誌が別だし、繋《つな》がりなど持てないだろうと諦《あきら》めていたというのに、とんでもない幸運だ。

あまりに都合のいい展開だが、もはやいつものことなので、伊織はそこまで驚《おどろ》いてはいなかったりする。

電話を切ると伊織は、楪葉《ゆずりは》のことを思い出して、罪悪感を覚えた。

家に帰ってからすぐに、彼女から電話やメールが来ていたのだが、今日《きょう》あんなことがあったので、気まずくて返事をしていないのだ。

公園に放置して先に帰ってしまったことも含めて、月曜日に学校で会った時に謝《あやま》ることにしよう。明日《あした》、糸屑ほたるの下で恋愛マンガのヒントを手に入れ、そのことを報告して安心させてやろう。

伊織はそう思った。

少なくともこの時は——。

◆

日曜日

伊織は、美野里川《みのりかわ》からメールで貰《もら》った地図を頼りに道を進む。

自宅からやってきたこの場所は、方角こそ違えど距離にすれば杜若王子郎の自宅兼仕事場とほぼ同じ。あまりに近場である。まさかとは思うが『楪葉《ゆずりは》のせい』で、この一帯に有名漫画《ゆうめいまんが》家《か》が集中しているとでもいうのだろうか。

目の前に現れたのは、さすがに杜若邸《もりわかてい》には見劣りはするが、立派な3階建ての一軒家だった。白い外壁《がいへき》の側面に階段がある。そこを上った2階部分に扉《とびら》があり、これが玄関口のようだ。階段途中、テーブルや花壇《かだん》の並べられた大きなテラスが横に見えた。カーテンが閉め切られており、そこから室内の様子は分からない。ただ、隙間《すきま》から明かりがついているのが確認出来たし、中に人はいるようだ。

玄関の扉に『スタジオほたる』とある。売れっ子作家は、税金対策等のために法人化すると聞くが、糸屑《いとくず》ほたるもその類《たぐい》のようだ。

地図を疑ってはなかったが、ここで間違いないだろう。

ただ、不安がある。伊織《いおり》は、糸屑ほたるの本名はもちろん、顔も知らないのだ。ペンネームや作風からすると女性とは思うが、その確証すらないくらいなのである。

・人気少女漫画家。女子中高生からOLまで幅広い層から支持を集める。男性ファンも数多く存在する。

・代表作は、【影縛《かげしば》り】、【恋のアルケミスト】、等。作品名に因《ちな》んで、自身も『恋愛錬金術師《れんあいれんきんじゅつし》』などと称される。

・少女マンガ誌『ラベンダー』を黎明期《れいめいき》から人気雑誌に押し上げた立役者《たてやくしゃ》。現在も『ラベンダー』本誌で【第23番目の許嫁《いいなずけ》】を連載《れんさい》中。

プロフィールや情報としては、この程度しか知らない。

作品は全《すべ》て読んでいるが、人物像はよく分からないのだ。ブログなんてやってないし、雑誌のインタビュー等に答えているのも見たことがない。『ラベンダー』のあとがきや、コミックスのおまけページには普通のことしか書いていないし、そこからも人柄は摑《つか》めない。

活動歴からして、年齢《ねんれい》は伊織よりかなり上のはずだ。

さすがに楪葉のように現役《げんえき》女子高生ということはないだろうし、まさか『杜若王子郎《おうじろう》』のようにペンネームを受け継いでいるということもないだろう。『マンガの神様』の影響《えいきょう》がどこまで及ぶかは知らないが、さすがに何度も同じパターンはないと思いたい。

ともかくここまで来てしまったのだ、こうやって無駄で無意味な想像に時間を使うくらいなら、さっさと本人に謁《えつ》してしまえば済むことである。

というわけで、伊織はおもむろに目の前のチャイムを鳴らした。

すぐにインターフォンから《はい？》という返事が聞こえてくる。

「初めまして。本日、糸屑ほたる先生のアシスタントで呼んでいただきました、左右田《そうだ》伊織と申します」

《いらっしゃい。待っていたわ。鍵《かぎ》は開いてるし、どうぞ、お入りなさい》

よく通る女性のキレイな声でそう返ってきた。

伊織《いおり》は言われたとおり、目の前にある玄関の扉《とびら》を開いて中へと進む。

入ってみると、玄関直接の広いリビングダイニングだった。ホームパーティーも軽々と出来そうな空間である。

遠慮がちにそこへ足を踏み入れる。

「――ようこそ。左右田《そうだ》伊織さん」

伊織は息を呑《の》んだ。

室内の中央には、ダイニングテーブルに腰掛け、エレガントな佇《たたず》まいでティーカップを手に持つ女性が一人。

「糸屑《いとくず》ほたる先生……で、よろしいでしょうか？」

「ええ、そうよ」

女性は温かみのある笑顔を浮かべて肯定した。

間違いない。この人があの人気《にんき》少女漫画家《しょうじょまんがか》の糸屑ほたるだ。

だが、その外見は、はっきりいって『異常』だった。

髪《かみ》は、どうやってセットしているのか理解不能な、ド派手な金髪縦《きんぱつたて》ロール。

服装は、コルセットで締め上げた腰に、大きなお椀《わん》を逆さにしたようなスカートのドレス。

一言で表すなら、ヨーロッパのお屋敷に住む、貴族・淑女。

少女マンガに登場しそうな――いや、昨今の少女マンガにも出てくるのが珍しい風貌《ふうぼう》である。

なんちゃら歌劇団とかの舞台の上に立っているようなイメージだ。

彼女がいる空間は、高級そうなソファーや大型の薄型《うすがた》テレビがあったりと裕福そうではあるが、服装と比べれば至ってシンプルな現代家屋だった。シンデレラや白雪姫といった童話の中から飛び出してきた登場人物が、現代日本に迷い込んできたような感じだった。あの洋館である杜若邸《もりわかてい》の方がよっぽどこの人には似合うだろう。

「これは私服よ。コスプレじゃないわ」

ほたるからの言葉に、伊織《いおり》は心を読まれたかと驚《おどろ》く。

「だって、顔にそう書いてあったものだから。新しくアシスタントに来る子に毎回訊《き》かれるからね、先に答えちゃったっていうのはあるけどね。どうしてそんな私服なのか、なんて訊かないでね。あなただって、どうしてそんな服着てるのかって訊かれたら、ちょっと答えにくいでしょ？　単純にこういう格好が好きってだけの話ね」

見た目だけでなく、話し方も上流階級の貴族のそれを思わす、落ち着いたものだった。髪型《かみがた》と服装はイカれているが、顔は整っていて間違いなく美人である。

「ほ、本日はアシスタント、よろしくお願いします」

「ウフフ。そう硬くならないでちょうだい」

優《やさ》しい笑顔を向けることで、伊織を安心させようとしているようだ。あんまりな格好のせいで誤解しそうになったが、案外常識人《じょうしきじん》で、普通にいい人のようである。

包容力のある大人な女性。そんな印象だった。

それにしても、見た目だけでいえば20代半ばといったところなのだが、デビューからの年数で逆算すれば確実にアラフォーのはずだし、かなりの若作りである。気にはなるが女性に年齢《ねんれい》を訊くのは失礼だろうし、伊織は言葉を飲み込んだ。

「とりあえず、お座りなさいな」

優しい声色で促され、示された席、テーブルの真向かいに座ることにする。

椅子《いす》に向かう前に、ぐるっと室内を観察《かんさつ》しながら視線を上に向ける。吹き抜けになっていて、天井には豪華《ごうか》なシャンデリアがあった。これだけは、ほたるの服装に釣《つ》り合《あ》う様相をしている。

この広々としたリビングダイニングが2階フロア全体を占め、覆《おお》われたカーテンを開けば、家に入る前に見えたテラスに出られるようだ。部屋を囲うようにして階段が設置されていて、そこから3階部分へ上がる構造になっている。

おそらくだが、向こうに見えるドアの奥に1階へ下りる階段があるのだろう。

「あの、他にスタッフの方はいらっしゃらないんですか？」

人の気配がしないので気になって尋《たず》ねてみる。

「一人、住み込みのアシスタントの子がいるけど、今はお買い物に行ってるの。お夕飯の食材とかを買いにね。私、家事《そっち》に疎《うと》いものだから、お料理も全部その子任せなのよ」

ほたるは少し恥ずかしそうに言う。大人な雰囲気とのギャップがあったので、ちょっと可愛《かわい》らしく見えた。

「それでは、アシスタントは、その方と僕の二人だけなんですね」

「ええ、そうよ。その子とは別に、あと五人の子が交替で来てたんだけど、先週色々あって、一気に辞《や》めちゃってね。だから、急遽《きゅうきょ》あなたにお願いしたの」

「なるほど、それは大変でしたね……」

その『色々』がかなり気になる。五人も一気に辞めるなんて、ただ事ではないと思うのだが。

「最近の若い子って根性がないのね。そのうちの一人は、1週間持たなかったくらいだし」

それほどまでに厳《きび》しい仕事場なのだろうか。

「……あの、僕、アシスタントはこれが初めてなんですが、大丈夫なのでしょうか？」

「え？　ああ、まあ大丈夫よ。そんな難しいことは頼むつもりはないしね。ちょっと痛いかもしれないけど」

痛い⁉　痛いってなに⁉

「学校もあるんでしょ？　あなたは新しい子が決まるまでのピンチヒッターってところね。まあ基本、今残っている子一人だけでも何とかなってるし、そこまで気負わなくてもいいわよ。なかなか優秀《ゆうしゅう》な子でね。……あら？　噂《うわさ》をすれば帰ってきたみたいね」

玄関の扉《とびら》が開き、スーパーの袋を両手に提《さ》げた人物が上がり込んできた。

「先生！　ただいま戻りました！」

例のもう一人のアシスタントのようである。手にする袋からは野菜などの料理用の食材が見えている。

「買い出しご苦労様。ほら、新しいアシスタントの子が来てるわよ」

伊織《いおり》は挨拶《あいさつ》をしようと立ち上がってそっちに振り返る。

「……ん？」

玄関からこちらに歩いてきたのは、細身のシルエットで、フェイスはかなりの美少年だった。見た目の年齢《ねんれい》は、伊織と同じ高校生くらい。妙に見覚えのあるキャップを頭に乗せ、妙に見覚えのあるジャージを上に羽織《はお》っている。

「……え？」

その少年と、伊織の視線が交差し、二人はその場で停止する。

あんまりのことに、少年は、買ってきたばかりのスーパーの袋を床に落としてしまった。

「な、なんでここにおんねん⁉　左右田《そうだ》伊織ィ！」

震える指先を伊織に突きつけるその少年は――高良《こうら》翔太郎《しょうたろう》だったのである。

翔太郎は、何ごともなかったようにティーカップを口に運ぶほたるの下に、大げさな動きで駆け寄った。

「ほたる先生！　新しい若い子って、左右田《そうだ》のことだったんですか⁉」

「そうよ、翔太郎《しょうたろう》。何か問題があったかしら？」

「いやいや、言いましたやん！　今回ボクが大事な連載《れんさい》を賭《か》けて戦う相手こそ、東の高校生漫《こうこうせいまん》画家《がか》・左右田伊織《いおり》やって！」

「別にいいじゃない。並んで一緒に原稿《げんこう》を描くわけでもないんだし。まさか妨害されたり、ネタを盗まれたり、なんて心配ないわよ」

「いや、そうかもしれませんけど！　だって対戦相手なんですよ⁉」

「伊織――でいいわよね？　伊織も不服かしら？　ライバルと一緒の職場《しょくば》で働くというのは」

「いえ、僕は構《かま》いませんよ」

この状況、普通なら翔太郎と一緒に驚愕《きょうがく》の表情を浮かべるところだが、伊織の様子はというと、なんとも落ち着いたものだった。

翔太郎と同様、このことを聞かされていたわけでもないし、事前に知ることなんて出来なかったのに、だ。

では、どうしてこうも落ち着いているのか。

やはり『こういう驚《おどろ》きの事態』に慣れてきてしまっているからである。

「ほたる先生の言うとおりです。アシスタントはあくまでアシスタント。自分たちのマンガを描くうえで、特に不都合はありません」

「せやかて左右田！」

それと比べてオロオロしっぱなしの翔太郎を見て、何だか彼の上を行った気がしたので、伊織はちょっぴり気分が良かった。

「それに、その程度のことでいちいち動揺するようなら、大した漫画家にはなれませんしね。どんな環境に立たされようと、僕は全力で自分の作品に向き合います」

最大のライバルとしている杜若王子郎《もりわかおうじろう》と一緒の部活にいるのだ、今更そんなことを気にしたりはしない。

伊織は、未《いま》だ焦り顔の翔太郎に得意顔をぶつける。

「な、なんやねん！　別にボクかて気にせえへんよ！　キミに言い訳に使われたくないと思っただけや！　キミが大丈夫言うならええけどな！」

翔太郎は仕方ないという面持ちだ。初めて編集部で会った時といい、彼も伊織と同じで、結構な負けず嫌いのようである。

「じゃあ決まりね。よろしく、伊織」

ムスッとしてそっぽを向く翔太郎の横で、ほたるは愉快《ゆかい》そうに微笑《ほほえ》む。

こうして、ベテラン漫画家・糸屑《いとくず》ほたるのアシスタントを、東の高校生漫画家と、西の高校生漫画家の二人で務めることになったのであった。

「翔太郎《しょうたろう》、伊織《いおり》に家の中の案内と『仕事』の説明をしておいてあげて。私は今から原稿《げんこう》の続きに取りかかるわ。もしも用があったらいつもどおり内線で呼ぶから、そのつもりでいてね」

「……分かりました」

ほたるは悠々《ゆうゆう》と椅子《いす》から立ち上がると、そのまま奥にあるドアの中に入って行った。

あそこからマンガを描く仕事部屋に繋《つな》がっているようだ。人々を魅了《みりょう》して止《や》まない作品の数々が、あの扉《とびら》の先で生み出されているわけだ。

ほたるがリビングからいなくなると、伊織は、

「まさか君が糸屑《いとくず》ほたる先生のアシスタントとはね。いやー、驚《おどろ》いたよ」

わざとらしい棒読みで、翔太郎に向けてそう言ってやった。

「……こっちかって、まさか先生の新しいアシがキミやなんて思いもしんかったわ。けど、なんでキミ、そない冷静やねん……。あれか、まさか誰《だれ》かから聞いて知っとったんか？　ボクが糸屑ほたる先生のアシスタントやって」

「聞いてないし、知るわけないだろ。僕はほたる先生がどんな人なのかもよく知らなかったし、アシスタントがどこの誰かなんて調べようもなかったよ。ここに来たのだって、昨日《きのう》言われたばかりなくらいだしね。嘘《うそ》だと思うなら編集長にでも訊《き》いてみるんだな」

「……狙《ねら》ったってわけやないんか。じゃあこれも『偶然』なんか。昨日、公園であんなことがあったばかりやのに、なんでこうもキミと連日何回も会わなあかんねん……。

キミ、あれちゃうんか。何か変なモン持ってるんとちゃうか？」

翔太郎は、伊織に対してオバケでも見るような目を向けている。

（『持ってる』のは、僕じゃないんだけどね）

もしかしたらこの翔太郎も既《すで》に、楪葉《ゆずりは》の持つ『マンガの神様』に魅入《みい》られてしまったのかもしれない。もしそうなら、編集部で面と向かって挨拶《あいさつ》したことか、公園でヤンキーから助けたことか、何が引き金かは分からないが。

「そういえば、ほたる先生は『住み込みで』って言っていたが、君はここで寝泊まりをしているのか」

「ああ。こっちにいる間、この家で居《い》候《そうろう》させてもらってんねん。今、大阪の高校は休学中や。『ライン』で結果出すまでは、帰る気なんてないけどな」

「僕と同じで、編集長の紹介ってわけか」

「いや、ほたる先生とは前から個人的に知り合いでな。いっとき先生、大阪《向こう》に住んではって、その時に知り合って世話になってん。その伝《つて》で、今回こうして家にご厄介《やっかい》になってるわけや。宿のお礼も兼ねて、アシスタントをさせてもらってるねん」

翔太郎は、ほたるが入って行ったドアの方を見つめながら続ける。

「ほたる先生、マンガがスランプやったらしくて、環境を変えるために大阪に来てたらしいわ。先生が時間ある時に、ボクの原稿《げんこう》を見てもらったりもしたもんや。ネットにマンガ上げてみろって言ってくれたのもほたる先生やったし、あれのお蔭《かげ》でボクは漫画家《まんがか》を志《こころざ》すようになったから、その頃《ころ》からの恩人やねん。まああれやな、武術の師匠《ししょう》が親父なら、ほたる先生がボクのマンガの師匠ってとこやな」

「ふーん……。ほたる先生が師匠ねえ……」

伊織《いおり》は思わず頰《ほお》を吊《つ》り上《あ》げる。

（そうか、そういうカラクリだったのか……！）

『答え』が見えてきた。どうやらこれで話が繫《つな》がったようだ。

高良《こうら》翔《しょう》太郎《たろう》は、以前から糸屑《いとくず》ほたるの下で直接マンガの手ほどきを受けていた。だから、あれほどの恋愛マンガを描く能力を得たのであろう。

ならば同じようにほたるから学ぶことが出来れば、翔太郎に追いつくことも、いや、追い越すことだって十分可能なはずだ。

「な、なにニヤニヤしとんねん。気色悪い……」

君をぶっ潰《つぶ》せるからだよ、と伊織は心の中で答える。

「まあええわ。ほな『ライン』ではライバルやが、今はアシスタントの仲間やし、一時休戦ってとこやな。とりあえず、簡単《かんたん》に家の説明したるわ」

翔太郎は、ほたるの家の大まかな構造の説明をしていった。

伊織の見立てどおり、先ほどほたるが入っていたドアに1階への階段があり、そこから仕事部屋へと繋がっているそうだ。1階はいわば仕事のスペースというわけだ。

「――大体こんなとこやな。ほな、左右田《そうだ》。早速始めよか」

「何をだ？」

「決まってるやろ。『仕事』や。まずはここのリビングからやな」

そう言って渡されたのは、掃除道具一式だった。

「ほたる先生のアシスタントとして、これも立派な仕事の一つや。家の中を常にキレイにして、先生に気持ちよく原稿《げんこう》を描いてもらう」

「なるほどね」

覆《おお》われたカーテンを開くと、開放的なテラスが姿を現した。その境界にある大きなガラス窓を二人で拭《ふ》き始《はじ》める。

このリビングダイニングだけでも結構な広さなので、翔太郎一人で全《すべ》てやっているとするとかなり大変そうだ。もしかしたら、この掃除のために今日《きょう》呼ばれたのではないのだろうか。だとすればかなり不本意である。原稿の手伝いのつもりで来たっていうのに。

「ほたる先生は今原稿を描いてるんだよな？　手伝わなくていいのか？」

「ああ、もちろんアシスタントやし、原稿の手伝いかてするよ」

テーブルを磨きながら翔太郎は、

「せや。ほたる先生のアシスタントをするに当たって、いくつか注意があるし、今のうちに説明しといたるわ」

床の掃き掃除をする伊織《いおり》に言う。

「まず、先生には絶対年齢《ねんれい》を訊《き》くなよ」

「……どうしてだ？」

「そらまあ、女性は気にするもんなんやろ。それで消された編集もいるって噂《うわさ》や。せいぜい気を付けな」

「ちょっと待て！　消されるって……？」

「ああ。物理的に消されるってことや」

さっき訊かないで大正解だった。どうやら怒らせると怖いタイプの人のようである。

「まあ、安心せえ。よっぽどの粗相《そそう》をせん限り、怒ったりはせん人や。そこまで気を張らんでもええよ。普段は温厚で優《やさ》しい人やしな」

異常な服装はさて置いて、話し方や雰囲気は落ち着いていてとても優しそうだし、怒るところはあまり想像しにくい。翔太郎《しょうたろう》の言うように、そこまで臆《おく》する必要はないのだろう。

「ただしや——」

翔太郎は意味ありげに間を挟んだ。

「マンガを描いている時は、その限りやないで」

「執筆中は神経質になるってことか？」

「ん～……。まあ、そんなとこやな……」

よく見ると、翔太郎のこめかみに汗が流れている。以前にきつく当たり散らされたり、何か嫌なことでもあったのだろうか。

「あの人が『アレ』になったらボクでも止められん……。大阪で一緒にいた時からいつもそうやった……」

少し震えているようにも見える。

これは過去によっぽどのことがあったようである。

「暴力でも振われたのか？」

そう尋《たず》ねてみたものの、武術家であんなに強いのだし、それくらいで翔太郎が凹《へこ》んだりはしなさそうなものである。

「えっとな……。ほたる先生のマンガの描き方は、ちょっと特殊やねん」

「……ほう。そいつは詳《くわ》しく知りたいね」

伊織は露骨《ろこつ》に興味《きょうみ》を示す。翔太郎の様子がおかしいのはさて置き、面白い恋愛マンガ執筆のヒントを摑《つか》めるかもしれない。『特殊』ということは、他にないコツのようなものがあるのだろうし、これは是非聞いておきたい。

翔太郎は、伊織の思惑に気づいたのか、疑うような視線を送る。

「……ふん。聞いたところで意味ない思うけどな。ほたる先生の世界は、常人には理解でけへん領域やと思――」

《――翔太郎《しようたろう》》

突然のことに伊織《いおり》はギョッとする。

どこかにスピーカーがあるのだろうか、姿なきほたるの声が室内に響《ひび》いてきたのだ。

どうやら先ほど言っていた『内線』とはこれのことなのだろう。仕事部屋から館内放送をしているようだ。

「……ああ、来てもうたわ。『神の声』が」

「なんだって？」

《『仕事』よ。来なさい》

「ほたる先生が呼んだはるわ。ちょっと行ってくるし、掃除の方、頼んだで」

翔太郎はそれだけ言って、さっきほたるが入って行ったドアへと向かう。ほたるのいる仕事部屋へと続く扉《とびら》だ。少し躊躇《ちゆうちよ》ある動作でそれを開いた。

一人残された伊織は、言われたとおりに黙々と掃除を続けるしかなかった。

それから少しすると、

《来たわね、翔太郎》

マイクのスイッチを切り忘れたのだろうか、またほたるの声が聞こえてきた。
《なんでしょう？》という翔太郎の遠い声もマイクは拾っている。
次に、ほたるの声はこう告げた。
《服を脱いで四《よ》つん這《ば》いになりなさい》
伊織は耳を疑った。
当然、掃除の手も止まる。
《――》
そこで切り忘れに気づいたのか、マイクのスイッチの消される音がした。
きっと何かの聞き間違いだと伊織は自分に言い聞かせる。
しかし、やがて、それを否定するように――。

「アッ――――――っ！」

ドアの方から、翔太郎のけたたましい叫び声が聞こえてきた。

「⁉」

その叫びの後、再び静寂が訪れる。

伊織《いおり》は、冷たい汗が額《ひたい》に流れるのを感じた。

（おいおいおいおいおいおいおいおいおいおいおいおいおいおいおい）

何を……何をしているんだよ⁉

脚《あし》をガクガクと震わせながら、ほたると翔太郎《しょうたろう》が入って行ったドアを見つめる。

たった今、あの奥で、何か異常なことが起こっている。


『――先週色々あって、一気に辞《や》めちゃってね――』

『――最近の若い子って根性がないのね。そのうちの一人は、1週間持たなかったくらいだし――』

『――そんな難しいことは頼むつもりはないしね。ちょっと痛いかもしれないけど――』


もしかして、このままここにいればマズイのでは⁉

自分の身にも何かとんでもない危害が及ぶのでは⁉

気が気でないまま、約20分後、翔太郎がリビングに戻ってきた。

「すまんかったな、左右田《そうだ》。掃除、終わったか？」

伊織は、翔太郎の様子をじっと観察《かんさつ》する。

何か恐ろしいことをされて憔悴《しょうすい》した感じでもなければ、酷使《こくし》をされて疲労した感じでもない。むしろ、妙にスッキリした顔をしていた。

「お、おい……」

「ん？　なんや？」

「な、なにをしていたんだ、あの中で……？」

「は？　マンガのアシスタントに決まってるやろ」

「いやいやいやいやぁッ！　なんなんだよさっきの声はぁ!?　普通じゃなかったぞ！」

「ああ。出来上がったばかりの、ほたる先生の生原稿《なまげんこう》を見て感激《かんげき》してな。ついあんな声出してしまったわ」

「嘘《うそ》つけ！　『四《よ》つん這《ば》いになれ』とか言われてただろ!?　なんかやらしいことしてたんだろ!?」

「……なにキモイこと言ってんねん」

「か、隠そうとするなよ！　教えろよ！　ずるいぞ！　い、いや！　言っておくが、これは知的好奇心からくる興味《きょうみ》であってだな！」

「だから、アシスタントや言うてるやろ。マンガの手伝いや。先生の『イマジネーション』を湧《わ》き立《た》たせるためのな」

翔太郎は意味深にそう言って、ニヤリと笑う。

「『イマジネーション』？」

「そう。ほたる先生はそうやってオモロイマンガを描いてるねん。ボクらアシスタントがやることは、背景を描くことでも、モブを描くことでも、トーン貼《は》りやベタ塗りでもない。いかに先生の『イマジネーション』を奮《ふる》い起《お》こさせるかなんや」

ぽかんとしながら「言っている意味が分からん」と伊織《いおり》は表情で返した。

「せやな。もっと簡単《かんたん》に言えば、先生は『妄想《もうそう》』でマンガを描いてる人やねん」

「『妄想』……だと？」

「ああ。マンガの恋愛シーンを妄想で描いてはるってこっちゃ。やろうと思えば、地面に落ちた米粒二つからでも、男女の恋愛を妄想することが出来るような人なんや」

以前どこかで、腐女子《ふじょし》と呼ばれる人たちは、あらゆるものからカップリングを妄想出来ると聞いたことがあるが、それと同じようなことなのだろうか。

「ただし、より強い、より面白い妄想を得るには、それ相応の刺激《しげき》が欲しいらしいねん」

「……何となく分かったよ。つまり、妄想を湧《わ》き立《た》たせるために、君に四《よ》つん這《ば》いになれと指示したのか？」

「そうゆうことや。ボクにはよく理解できんけど、若い子のあられもない格好がたまらんらしいわ……。原稿《げんこう》に詰まると、『イマジネーション』を起こすために、そういうのを見ながら原稿を描かはるねん。もっと変なポーズや、コスプレを強要してきたりもする」

早い話が変態さんなのだろう。

「まあ、せやし、さっきのなんて全然マシな方やねん。たまにホンマに無茶なこと言ってくることがあんねん。尊敬して止《や》まないボクでさえ、戸惑うことがよくあるわ。こないだかて、女性スタッフの胸――。ああ、あかんあかん。これ言ったらキミ、絶対引くしやめとくわ」

「お、おい！　何だよ⁉　気になるぞ！」

「あれはさすがに酷《ひど》かったからな……。それで一気に先生のアシが減ってしまったわけや。下手《へた》したら一生モンのトラウマやで……」

そう言って肩を震わす翔太郎《しょうたろう》の様子を見て、これ以上追及する気も失せてしまった。

何をやったのかは分からないが、辞《や》めたアシスタントたちがとんでもない仕打ちを受けたことは確かだ。

糸屑《いとくず》ほたる。その服装と髪型《かみがた》以上に、かなりの曲者《くせもの》である。

《――翔太郎》

と、また『神の声』の声が聞こえてきた。おかしな人物だということを知ったばかりなので、伊織はさっきよりも大げさにびくりとしてしまう。

《伊織を連れてきなさい》

「どうやらキミに初『仕事』のようやな」

……来た。来てしまった。

はっきり言って、この家から飛び出し、そのまま逃げ帰りたいくらいである。

しかし、そんなことが出来るわけもない。大体、まだ何もほたるから直接学べていないのだ。

このままおめおめと帰るわけにはいかない。

ただの妄想《もうそう》だけであんなに面白いモノが描けるとは思えない。まだ何か重大な秘密を隠している気がする。

そうだ、実際に執筆しているところを見れば、何か摑《つか》めるかもしれないし、これは大チャンスじゃないか。

そうポジティブに捉えよう。

覚悟を決め、翔太郎《しょうたろう》の案内に従って、奥のドアに進む。

すぐに下への階段が現れる。

「ここや」

1階へと下り、廊下を道なりに進んだ突き当たりにさらに扉《とびら》。

翔太郎がノックし、伊織《いおり》もそれに続いて中に踏み込む。

異常なほどに殺風景な部屋だった。

20畳《じょう》ほどはあろう部屋に、作業机がぽつんと一つだけ置かれている。それ以外は何もない。

窓さえない。

そこに糸屑《いとくず》ほたるが座っていた。

反対側を向いているので、ここから表情は窺《うかが》えない。

「翔太郎は行っていいわ。伊織だけ残りなさい」

背中を向けたままほたるは言った。

「――ま、ガンバレや」

指示に従って、翔太郎は伊織を残してさっさと退出する。

ほたると二人っきりになってしまった。この家に来たばかりの時もそうだったが、今はこの人を見る目が変わってしまっているので、緊張感《きんちょうかん》が悪い方へと転んでいる。

「ふふふふふふふ……」

急に彼女は、妖艶《ようえん》な笑い声を漏《も》らし始《はじ》めた。何かえげつないことを考えているようにしか見えない。

「ぼ、僕になにをさせる気なんですか……!?」

さっき覚悟を決めたはずが、伊織はいつでも逃げ出せるように、なるべくドアの近くに位置した。翔太郎によれば、時にとんでもない無茶ぶりもしてくれるらしいし、貞操《ていそう》の危機を感じれば飛び出さなければならない。

「あなたにお願いがあるの――」

色っぽい声で、ねっとりと言う。

伊織はゴクリと生唾《なまつば》を飲み込んだ。

「──出来上がった原稿《げんこう》を見て欲しいのよ」

「ええッ⁉　そ、そんなこと出来るわけ！　…………………え？」

ほたるは相変わらず向こうを見たまま、1枚の原稿を手に持ってチラつかせている。当然だが、そこに描き込まれているのは、漫画家《まんがか》・糸屑《いとくず》ほたるの絵だった。

「読んでみたくない？『糸屑ほたるの恋愛マンガ』──その生原稿を」

クルリと椅子《いす》を回転させて、ほたるはようやく伊織《いおり》の方を向いた。

その表情は、健全な若者を悪いことに誘うような、妖《あや》しい笑顔だった。

「…………」

伊織は歩み寄る。

夢遊病患者のようにフラフラと近づき、吸い込まれるような動作で受け取り、恐る恐る原稿を読み始める。

──これがあの糸屑ほたるの生原稿なのか。

印刷されたものよりも『命』を感じる。

現在連載《れんさい》中の【第23番目の許嫁《いいなずけ》】の最新話のようである。まだ雑誌にも載《の》っていない回の、そのまた先の話なので、流れは何となくで摑《つか》むしかなかった。

だけど、それでも、面白いのだ。

キャラの息遣いが、匂《にお》いが、たった今辺りに漂《ただよ》っているような、そんな奇妙な感覚を覚える。

間違いなくこのマンガは――めちゃくちゃ面白い。

「アッ――――――――っ！　」

感動のあまり、思わず翔太郎《しょうたろう》と同じような叫び声を上げてしまった。疑ってしまったが、さっき翔太郎は本当のことを言っていたのだ。こんなものを見せられればこのように叫んでも仕方がないじゃないか。

「どう？」

原稿を持つ手が震えるばかりで、言葉がなかなか出てこない。

『面白かったです』

そんな当たり前の言葉を使うことすらはばかられるのだ。

次元が違う――。

「お、教えて下さい！　どうやったらこんなに面白い恋愛マンガが描けるんですか!?」

伊織が一番に思ったことはそれだったし、ついつい口にまで出してしまった。

「ウフフ、やっぱりね。あなた、それが目当てでここに来たのね。私から恋愛マンガの描き方を学ぶために。――いや、奪いに、かしら？」

「え⁉　い、いや、そんなことは……」

「隠さなくてもいいのよ。そうでもなければ大事な連載《れんさい》の勝負中に、わざわざアシスタントなんて仕事、受けるはずないじゃない。まあ、漫画家《まんがか》志望の子がアシスタントに来たっていうなら、マンガの描き方を学ぶのが目的なのは普通だしね。ネタをそのままはアウトだけど、やり方を盗むのも間違いじゃない。邪《よこし》まな気持ちじゃあないわよ」

完全に読まれている。どうやら探りを入れるためにこの原稿《げんこう》を見せたようだ。

伊織《いおり》は、面と向かって教えを乞うても無駄だろうと思っていたし、アシスタントをしていく中でそれとなく聞き出すか、作業を目で見て、糸屑《いとくず》ほたるの執筆方法を盗む気でいたのである。

だがそれに気づかれているとあらば、少しでも誠意を見せる意味でも、直球で頼んでしまった方がいいだろう。

「ええ、そのとおりです。僕は高良《こうら》翔太郎《しょうたろう》を超《こ》える恋愛マンガを描くために、あなたに学びにやって来ました。あなたほどの恋愛マンガを描ける人間はそういません。教えて下さい。どうすればそれほどまでの面白い恋愛が描けるのか」

そこまで聞くと、ほたるは艶《あで》やかな笑みを浮かべ、

「いいわよ、教えて上げても」

あっさりとそう言ってのけたのだ。

「い、いいんですか⁉」

土下座でもなんでもするつもりだったので、肩透かしを食らった気分である。

「面白いモノを描いてくれるっていうなら、私は一向に構《かま》わないわよ。面白い恋愛マンガがこの世に増えることも、それを読めることも、私はとても嬉《うれ》しいもの」

この人も楪葉《ゆずりは》と同じことを言っている。糸屑ほたるもまた、漫画家である前に、いちマンガ読みなのである。伊織が面白いマンガを描く方が、彼女にとっては利益になるわけだ。自分を脅《おびや》かす可能性のあるライバルが増えることよりも、面白いマンガが生まれることを優先《ゆうせん》し、そのことに喜びを見出すタイプなのである。

「ですが、ほたる先生。もちろん僕にとっては喜ばしい話なのですが、それだと、高良翔太郎が負けることになりますが？　あいつとは以前からの知り合いと聞きましたが、それでもいいんですか？　そうなると、あいつの夢を奪う結果になりますよね」

ほたるは少し不機嫌《ふきげん》な表情に変わる。

「伊織、自惚《うぬぼ》れが過ぎるわよ。翔太郎はそう簡単《かんたん》に倒されるような子じゃないわ。私、あの子が勝負用に描いている新作の内容を聞かせてもらったけど、かなりのモノだった。ラストシーンがまだ出来上がってないようだけど、今の時点で太鼓判《たいこばん》を押してもいいレベルね。その辺の連載作家でも、アレにはそう簡単に勝てないと思うわ」

翔太郎は既《すで》に勝負用の新作に着手している。しかもそれは、糸屑ほたるが認める恋愛マンガだというのだ。その事実は一気に重圧となって押し寄せてくる。

「……僕もやつのマンガの力は認めていますよ。ですがそれでも、僕はあいつを超《こ》えて『週刊少年ライン』での連載《れんさい》を勝ち取ります。そして、その次は、杜若王子郎《もりわかおうじろう》の【スタプリ】を超えます。杜若王子郎を超えること、それが僕の夢なんです」

ほたるの眉《まゆ》がピクリと動く。

「杜若王子郎を……ですって？」

「はい。杜若王子郎はこの僕が倒します。僕は日本一の漫画家《まんがか》になります」

伊織《いおり》は恥ずかしがりもせず、格上のほたるに言ってのける。

そうやってジッと迷いのない視線を送り続けるのだ。

「うふふふ……」

それを受け、ほたるは笑った。


「うふふふ……。あははははははははははははははははっ！」


だがそれは、今までの上品なものではなかった。

頭を押さえて、頬《ほお》を染めて、ほたるは心の底から笑っているのだ。

「……はぁ……。イイわ……。ハッタリなんか言っていない。あなた、それ本気で言ってるわね。ほとんどの新人の子って、最初から杜若王子郎には絶対に敵《かな》わないとか思ってるんだけど、あなたは何が何でも、絶対に勝つつもりでいる。初めて翔太郎《しょうたろう》と会った時のことを思い出したわ。あの子も王子郎を超えるって、私に向かって大真面目《おおまじめ》に宣言してたもの。――ふふっ。私、あなたのことも、気に入っちゃった……」

ほたるは艶《つや》めかしい視線で伊織を見つめる。エロチシズムに溢《あふ》れる表情だったので、伊織はドキッとした。

「それに、凄《すご》くイイ目をしてる。ああ……凄く興奮《こうふん》してきたわ。あなたのこと見てるだけで凄く『イマジネーション』が駆り立てられる……。あなた、もう十分私のアシスタントとして役に立ってるわ……」

両手で頬を押さえて恍惚《こうこつ》の表情を浮かべている。

「私、翔太郎のことはとても気に入っているわよ？　マンガの実力はもちろん、一人の人間としてもね。……けど、勝負の世界では別。どっちかを贔屓《ひいき》しちゃあダメよね。ホント、テッシーは人が悪いわ」

「……テッシー？」

「『ライン』編集長の勅使河原《てしがわら》よ。彼とは古い知り合いでね。このアシスタント、テッシーの紹介なんでしょ？」

あの強面《こわもて》のあだ名と考えるとちょっとウケる。

「あの人、翔太郎の得意分野での勝負になっちゃって、反省したんでしょうね。あなたにヒントを与える役を私に押し付けてきたのよ。まあ、いいわ。テッシーの顔を立てる意味でも、協力して上げる」

ほたるは一時、興奮《こうふん》を抑え、落ち着いた物腰へと戻ってから続ける。

「私流の恋愛マンガの描き方、あなたに教えて上げるわ」

「ありがとうございます！」

伊織《いおり》は地面に突き刺すくらいの勢いで、深々と頭を下げた。

ついに、ついに道が開けたようだ。

しかしまだ、急でしかなかった坂道に階段が設置されたといったところだろう。これをきちんと最後まで登り切れるかは、これからの伊織の頑張り次第である。

「……けど、その代わり、私の言うことなんでも聞いてくれる？」

「え？　な、なんでも、ですか……」

辞《や》めていったアシスタントさんたちのことを考えれば、ほたるからそんなことを言われるとさすがに躊躇《ちゅうちょ》もする。彼女の『イマジネーション』を起こすために、とんでもないことをさせられるのではなかろうか。

「ああ、そう。無理ならいいわよ」

ほたるは唇を尖《とが》らせてぷいっとそっぽを向いた。

「いえ、聞きます！　僕は面白いマンガのためなら何でもやります！　だから教えて下さい！

お願いします！」

それでも伊織の決意は固かった。日本一の漫画家《まんがか》になるためには、この先どんなことにも耐えるような覚悟がなければならないだろう。

「イイわ……。ホント、あなた、イイわ……」

そんな伊織の真剣な眼差《まなざ》しを見つめているうちに、またもほたるは恍惚《こうこつ》の表情に戻った。今度は舌なめずりまでしている。今まさしく『イマジネーション』が刺激《しげき》されているのかもしれない。

「ところで、あなたは今、恋愛マンガをどうやって描いてるのかしら？」

ほたるからの問いかけに、伊織は顎《あご》に手を当てて言葉を探しながら話し出す。

「えっと、そうですね……。基本の骨組としては、恋愛マンガは『サスペンス』と『ミステリー』に分けられると思います。それらを──」

「ダメね」

どうしたことか、ほたるは今までにない冷たい視線を伊織にぶつけてくる。「ああ、がっかりね」とため息までついている。

「そうやって左脳でマンガを描かないでちょうだい。そういう論理立てとか理屈立てはいらないの。右脳で描きなさい。イメージと直感の赴《おもむ》くままにね。もしもそれ、誰《だれ》かの受け売りなら、即刻、頭から捨てなさい」

あっさりと楪葉《ゆずりは》の持論をほたるに否定されてしまった。しかも妙に棘《とげ》のある言い方だったのが気になる。

「いい？　教えるからには、私のヤリ方でやりなさい。『妄想《もうそう》』よ。大事なのは『妄想』なのよ。『妄想』でマンガを描きなさい」

「は、はい……。しかし、それだと具体的にどうすればいいのでしょうか……」

「ねえ、伊織《いおり》。あなた、異性と付き合ったことはあるの？」

一瞬《いっしゅん》口ごもるが、今は恥ずかしがっている場合ではなかった。

「……いえ、ありません。やはり、実際の恋愛経験がものを言うのでしょうか？　そこからイメージを膨《ふく》らませるということなんでしょうか？」

「いいえ、逆よ。本気で面白い恋愛マンガを描きたいっていうのなら、異性と一切関係を持ってはいけないの」

「え？　そ、そうなんですか……？」

思ってもみない話だったので、伊織は素直に驚《おどろ》きの表情を見せた。恋愛を知るには、実際に異性と恋愛をしてみるのが当たり前だと思っていたが、どうもそうではないらしい。

「私ね、処女なの」

ほたるは大まじめな顔でそう言った。

「は……？　はぁいぃぃぃッ!?　い、いきなりなにをッ!?」

「今まで生きてきて、男性と一度もお付き合いしたことがないわ。キスをしたことも、手を繋《つな》いだこともないわ。あら、もしかして、豊富な恋愛経験をマンガに生かしているとでも思ってた？　【影縛《かげしば》り】も【恋のアルケミスト】も【第23番目の許嫁《いいなずけ》】も、私の体験をマンガにしているとでも思った？」

「…………」

「真逆よ。下手《へた》に恋愛を知ってしまうことは、大事な『イマジネーション』を奪ってしまうものなの。恋愛マンガに『リアリティ』なんていらないのよ。伊織、あなたが描きたいのは『恋愛』なの？　それとも『恋愛マンガ』なの？」

「……後者です」

「そうよね？　他人のクッソどうでもいい恋の体験話や、内輪のイチャイチャ話を見せられて楽しい？　ドヤ顔で恋バナ（笑）とか聞かされて楽しい？　ねえ、楽しい？」

「…………………」

「読者はね、『面白い恋愛』を見たいわけじゃないの。『面白い恋愛マンガ』を見たいのよ。そして『恋愛マンガ』に求めているのは『恋愛』なんかじゃないわ。『幻想』なのよ。現実世界では味わえない、メルヘンな体験を読者は求めているの。リアルに白馬に乗った王子様が出てきたらどう思う？　白馬に乗って学校とか職場《しょくば》に乗り込んできたらどうする？　そんなのドン引きよ。変質者と言って逮捕されるわよ。ファーストキスがレモン味？　そんなわけないじやない。唾液《だえき》とかその日食べたお肉の味しかしないわよ。どんなイケメンも、どんな美少女も、いつかはジジイに、ババアになるわ。けど、そんなの読者は求めていない。読者は『キレイな幻想世界』を『マンガで体験したい』だけなのよ。そこに『リアリティ』はいらないの。『妄《もう》想《そう》』よ。飾りっけだらけの『妄想』を見たいの」

この人は、杜若王子郎《もりわかおうじろう》と正反対のことを言い出している。『リアリティ』の中に『レアリティ』があるからマンガは面白いのだと杜若王子郎——楪《ゆずりは》葉は主張していた。

この糸屑《いとくず》ほたるという漫画家《まんがか》は、それとは違う。正に真逆を行っている。『リアリティ』を一切無視しているのである。

「私はマンガを描く時、『神話』を描いているつもりでいるわ」

「『神話』を?」

「そうよ。『未知』は『既知』を凌駕《りょうが》することがあるの。雨は神様が降らしてるだとか、雷様が太鼓《たいこ》を叩《たた》いてるだとか、昔の人たちは知らないからこそ色んな想像をしてきたわよね。知らないからこそ面白い『神話』が生まれた。そう、『妄想』で『神話』は生まれたのよ。それと同じこと。本当の『恋愛』を知らないからこそ、面白い『恋愛マンガ』を描けるの。現に、異性とお付き合いをしたことがない私は、こうやってイイものが描けているでしょ?」

さっき伊織《いおり》に見せた生原稿《なまげんこう》の1枚を掲げ、ペラペラと揺らす。それはあまりに説得力のある証拠の品であった。

そして、ほたるは真剣な声色で、

「必要なのは『イマジネーション』と『妄想』よ」

そう強調した。

翔太郎《しょうたろう》が言っていた「ほたるは『妄想』でマンガを描く」という意味が、ようやく理解出来てきた。

「翔太郎も【UTSUSEMI《うつせみ》】をそうやって描いたのよ。あの子、異性とお付き合いしたことがないからね。異性を知らないからこそ、恋愛を知らないからこそ、あの子もあれだけステキな『幻想』を生み出せたのよ。あの作品は『妄想』のみで生まれたものよ。恋愛への『憧《あこが》れ』や『イマジネーション』が込められているの。そして、今描いている新作も『それ』よ。だからあの子の作品は面白いのよ」

意外だった。あの少年、イケメンだしモテモテだとばかり思っていたのに。

だが、ほたるの言うことが本当なら、翔太郎はその方法で面白い恋愛マンガを執筆しているということになる。

「……理屈は分かりました。ですが、それなら僕にも出来そうなものですよね。僕も女性と付き合ったことがありませんし、想像だけで恋愛マンガを描いています。それなのに高良《こうら》翔太郎の恋愛マンガは僕の上を行っている。そのことに納得が出来ません。条件は同じはずなのに」

「いいえ、同じじゃないわ。あなたは『恋愛を禁じられて』いないでしょ？」

ほたるの表情に、少し影が差している。

「翔太郎《しょうたろう》はね、『家』と『父親』のせいで『恋愛』をすることが絶対に出来なかったの。父親に異性と付き合うことを許してもらえなかったから。あなた、両親から女の子と付き合っちゃダメとか言われてるかしら？」

「……いいえ、そんなことはないです」

「そう、そこがあなたと、翔太郎の決定的違いね」

翔太郎は武術の厳《きび》しい修行をするに当たって、そんな浮ついたものはダメだと厳格《げんかく》な父親に命じられてきたというわけか。

「あなたがモテるか、モテないか、そんなのは関係ないの。あなたは恋愛を禁止されていない、そこが肝心《かんじん》なのよ。異性と付き合うことを許された環境下にいる。『押してはダメ』と書かれたスイッチは、逆に押したくなるのと同じこと。人って禁じられればそれだけ強い欲求を持つものよ。革命は虐《しいた》げられた下層の市民たちによって起こされるもの。抑えられた欲求は、とてつもないパワーに転じるものよ」

伊織《いおり》は納得したように頷《うなず》く。糸屑《いとくず》ほたるが言うからこそ説得力が増してくる。

あの【UTSUSEMI《うつせみ》】には、『禁じられた恋愛』への『強い憧《あこが》れ』が込められていたのだ。

それこそが、高良《こうら》翔太郎の恋愛マンガの面白さの秘訣《ひけつ》だったのだ。

「ねえ、伊織。あなた、昨日《きのう》、公園で女の子と一緒にいたわよね？」

「え⁉　み、見てたんですか⁉」

「ええ。『たまたま』ね」

　何ということだろう。

　あの公園に、同じ時間、同じタイミングに、伊織がいて、楪葉《ゆずりは》がいて、翔太郎がいた。さらに、糸屑ほたるまで『たまたま』居合わせているなんて——。

　いや、理由は、皆まで言う必要もないだろう。

「あの子は、彼女とは違うの？」

「ち、違います！　あいつはそういうのじゃありません！」

「……そう。まあどっちにしても、あの子には今後近づかないようにしなさい」

「え？」

「あの子との接触を避けなさいって言ってるの。ううん、あの子だけじゃないわ。全《すべ》ての女の子と仲良くすることを一切禁止するわ」

　ほたるは真剣な顔だったし、冗談ではないことがすぐに分かった。

「女の子との接触を禁じられれば、女の子への強い欲求が生まれるはずよ。そうすることで、恋愛への欲求が高まるの。その強い『フラストレーション』は、素晴らしい恋愛の『イマジネーション』を生むの。私は自《みずか》らを律することが出来るけど、あなたや翔太郎にはまだ無理なはずよ。第三者から制限を受けなければ出来ないこと。だから、私が今からあなたの『恋愛』を

『禁止』して上げるわ。……そう、あなたはこれで、ようやく翔太郎《しょうたろう》と同じステージに立てるってわけ」

糸屑《いとくず》ほたるから教えられた『面白い恋愛マンガを描く方法』。

それは——、

「これは『命令』よ。私の言うこと、なんでも聞くって言ったわよね?」

——『恋愛禁止』だった。

◆

月曜日
そんなこんなで伊織《いおり》は、糸屑ほたるの言い付けを守るために、楪葉《ゆずりは》との接触を何とか避けようとしていたのだった。

「…………………」

教室に戻った伊織は、自分の机に座り、ともかく無心になろうとする。

だが、頭を押さえながら、苦痛に歪《ゆが》んだ表情を浮かべるばかりだ。

さっきの楪葉のことを思い出し、どうしても頭が悶々《もんもん》としてくるのである。

——何だってこんな時に限ってあんなに絡《から》んで来るんだよ。わざわざ登校を待ち伏せしてくるし、普段つんけんした態度のくせに、妙に可愛《かわい》げがあった。

——しかも抱き付いてくるとか、もうワザとだろ。何の嫌がらせだよ。

（あいつ、結構柔らかかったな……）

ハッとして首を全力で横に振る。

（ダメだ！　耐えろ！　耐えるんだ！）

ここで楪葉に優《やさ》しくなんかしたら無駄になる。ほたるとの約束を破るような不義をしたくないし、何よりこうすれば面白い恋愛マンガが描けるというのだ。

最低、高良《こうら》翔太郎との勝負の一作を描き上げるまでは持《も》ち堪《こた》えないと、全《すべ》てが台無《だいな》しになってしまう。

しかし、伊織に更なる試練が待っていた。

「おっはよう！　左右田《そうだ》くん！」

——霧生萌黄《きりゆうもえぎ》のターンである。

萌黄は隣《となり》の席にカバンを置き、いつものように元気一杯の挨拶《あいさつ》をしてきた。つい思わず「おは」まで言ってしまったが何とか堪《こら》えた。

今、彼女の可愛い笑顔を見てしまえば、耐えられなくなるかもしれない。

なので伊織は、窓の方を向いてやり過ごすことにした。

そう、楪葉《ゆずりは》だけではない。

全《すべ》ての女子と仲良くしてはならない、それがほたるからの指示であり命令なのだ。

「どうしたの左右田《そうだ》くん？」

そんなことなど知るわけもない萌黄《もえぎ》は、返事がないのを不思議《ふしぎ》に思ってひょこっと伊織《いおり》の顔を覗《のぞ》き込《こ》んだ。

伊織は、ふいに萌黄の可愛《かわい》い顔が目の前に飛び込んできたので、ドキッとする。不思議なものだ。禁じられるというだけで、いつも以上に魅力的《みりょくてき》に見える。ダイエット中に美味《おい》しそうな料理を見せつけられる感じである。欲しくて欲しくて堪《たま》らないのだ。

ほたるの言う通りだった。これは嫌でも『女の子』と『恋愛』への渇望がヤバイくらいに湧《わ》く。『イマジネーション』がめちゃくちゃ刺激《しげき》されるし、『妄想《もうそう》』が湯水のごとく溢《あふ》れてくる。

「左右田く～ん？」

伊織は机に突っ伏して視界を覆《おお》った。

耳も強く押さえる。

これ以上萌黄の顔を見ていたら、声を聞いていたら、欲求に負けてしまう。

「左右田くん……？」

萌黄は心配そうに伊織の背中を見つめるが、気分でも悪いのかもしれないし、とりあえずそっとしておくことにした。

その日の放課後。

漫研《まんけん》の部室には、今日《きょう》も誰《だれ》よりも真っ先に萌黄がやってきていた。

あとから磯辺《いそべ》と丸山《まるやま》が部室にやってくると、萌黄は開口一番に二人にそう尋《たず》ねた。

「あれ？　左右田くんは？」

「ああ、伊織、今日は来ねえってよ」

「珍しいよね～。ほぼ毎日来てたのにさ～」

「……そうなんだ。左右田くん、何かあったのかな……？」

「漫画家《まんがか》の方の原稿《げんこう》が忙しいんでしょ～。元々、たまにしか顔出さないって話だったしね～。なんならボクらよりも多く来てたし、今までがおかしいくらいだよね～」

丸山も「そうだよな」と、特段何ごともない感じである。

男子二人はそうやってノンキなものだが、萌黄は違った。さっきから妙に焦った表情を浮かべている。

「でもでも、左右田くん、今日一日様子が変だよね？　声掛けても返事してくれないし……」

「ん？　そうか？　別に普通だったけど。なあ、磯辺？」

「そだね～、いつもと変わらないと思ったけど～。ボクら、普通に喋《しゃべ》ってたし～」

「じゃあ、私だけ無視されてるのかな……」

「え？　マ、マジかよ。伊織《いおり》の野郎ひでえな」

萌黄《もえぎ》は眉《まゆ》をハの字にしている。いつも笑顔の萌黄には似合わない不安そうなその顔を見て、磯辺《いそべ》と丸山《まるやま》も段々と深刻になる。

「ケンカでもしたの〜？」

「まさか！　全然心当たりがないんだよ！」

「ひょっとして、伊織、もえちーになんか隠し事でもしてんじゃねえか？」

「隠し事？」

「ああ、そうかもしれないね〜。霧生《きりゆう》さんに言えない隠し事があって、気まずいから避けてるのかもね〜」

それを聞いて、萌黄はさらに不安な気持ちと表情になってきた。

かつて自分が原因で、大事な友達が部から去りそうになった嫌な記憶《きおく》が蘇《よみがえ》ってくるのだ。

「ね、ねえ！　左右田《そうだ》くん、まだ学校にいるかな!?」

「ああ、さっき教室で別れたとこだし、もう校舎から出るとこくらいじゃね？」

「私、左右田くんのとこに行ってくる！」

萌黄はバンッと立ち上がると、部室の出口へ駆けていく。

そこへちょうど楪葉《ゆずりは》が現れた。

「部長さん？」

「ゆずちゃんゴメンね！　私、ちょっと行くから！」

きょとんとする楪葉を残して、萌黄は全力で走った。

「………」

廊下を駆けていく萌黄を見送ったあと、部室の中に伊織がいないことを確認して、楪葉は寂しげな表情を浮かべていた。


玄関で下足に履《は》きかえる伊織。

そこに萌黄が駆けつける。

「き、霧生さん……！」

伊織は、萌黄がこっちに迫って来ていることに気づくと、弾《はじ》かれるように走り出した。

「待って左右田くん！」

萌黄は上履きのまま、玄関を飛び出し、それを追いかける。

「待ってよ！　どうして逃げるの!?」

校門を抜け、道路に出ても、萌黄は追走をやめない。

今ここで伊織に追いつけなかったら、彼がずっと遠くに行ってしまう気がしたから。

だから萌黄は走る。全力で。

「待ってよ左右田くーん！」

「は、速い⁉」

伊織《いおり》が驚愕《きょうがく》の声を上げた。萌黄《もえぎ》が驚異的《きょういてき》なスピードで背後から追い上げてきたのだ。

こっちは男子で向こうは女子。男女の間には確かな体力差が存在している。しかも伊織はスニーカーを履《は》いているが、萌黄は走りにくい上履きというハンディキャップまで背負っている。

それにもかかわらず、萌黄がぐんぐん伊織に追いついてくるのである。

ここで説明しよう。

霧生《きりゅう》萌黄はマンガ好きである。

そして、萌黄のその熱意は、マンガを収集することに注がれ、誰《だれ》よりも早く新刊をゲットすることに拘《こだわ》りを見出した。そのためには速く走って店に辿《たど》り着《つ》く必要があるのは当然のこと。

彼女のマンガ好きは、何者にも勝《まさ》る『速さ』へと昇華《しょうか》されたのである。

「トラーイッ！」

「うおお⁉　まさかのタックル⁉」

スピードに乗った萌黄が、背後から伊織に抱き付くようにして押し倒した。

なにせ彼女はアメリカからの帰国子女。必要なら実力行使も辞さない。イッツアメリカンスタイル。

「フリーズなんだよ左右田《そうだ》くん！　ちゃんと私と話をしようよ！」

うつ伏せに倒れた伊織の背中にしがみついたまま、萌黄が必死に声を上げる。

（ヤバイ……。この感触は、ヤバイ……！）

萌黄の柔らかい身体《からだ》が上から押し付けられる。彼女は伊織を逃さないようにするために、ぎゅっと抱き付いてくるのだ。その柔らかい感触はこの世の天国を思わせた。効果音で表現するならポワワンといったところか。

だが、今の伊織にとってはこの天国こそが地獄《じごく》。

（ヤバイ。ヤバイヤバイ。ヤバイヤバイヤバイ。ヤバイヤバイヤバイヤバイヤバイヤバイ）

——このままではやられる。

「た、頼む、霧生さん！　早く僕から離れてくれ！　お願いだ！」

「ダメっ！　そう言って逃げるんでしょ⁉」

「逃げない！　逃げないよ！　約束する！　だからお願い！　ともかく一旦《いったん》離れて！　マジでヤバイからッ！」

「わわっ！　ご、ごめん！　重かったんだね……」

萌黄はそう言って伊織の上から離れたが、実際のところ彼女は全《まった》く重くなかった。むしろちょうどいい具合だったし、あと1秒でも萌黄に密着されていたら、ほたるとの約束をなかったことにして、萌黄天国で溺《おぼ》れ死《し》ぬところだっただろう。

立ち上がった伊織は、会話するには少々難のある距離で萌黄と向かい合う。

「ねえ、左右田くん。どうしてそんなに離れてるの？」

「あ、ああ、いや気にしないで……。それより僕に何か用かな……？」

「……えっと、まずはいきなり押し倒したりしてごめんね……。だけど左右田《そうだ》くんとちゃんと話し合いたかったの。ねえ左右田くん。どうして私のこと避けるの？　私が何か左右田くんの気を悪くすることしちゃったのなら、もう今後は同じことしないように気を付けるから、教えてくれないかな？」

涙目の萌黄《もえぎ》に見つめられて、伊織《いおり》は罪悪感で死にそうになった。

「い、いや。別に霧生《きりゅう》さんは何も悪くないよ。ただちょっと今度『ライン』に載《の》せる読みきりに苦戦していてね。そっちに専念をしたかったんだ」

面白い恋愛マンガを描くため、萌黄たち女子との交流を禁じられているのだと、そう素直に打ち明けることが出来たならどんなに楽だろう。きっと萌黄なら伊織の境遇を理解して、今回の翔太郎《しょうたろう》との勝負が終わるまで距離を置いてくれる。

でもそれではダメなのだ。相手に気をつかってもらっているようでは、交流を禁じているとはいえない。いつでも関係を修復可能な生半可な状況では、女の子に対する『フラストレーション』が募《つの》らない。

それに、それくらい自分をギリギリのところに追い詰めなくては、我が身ひとつで実家を出てきた翔太郎には覚悟の面でも勝てないのだ。

「そういうわけだから、僕はしばらく漫研《まんけん》には顔を出さない」

こんなこと本当は言いたくなんてない。けど、はっきり口にしなければ――。

「あと、教室でも集中していたいから声を掛けないでくれ。正直、迷惑なんだよ……」

伊織は伏し目がちにそう言い切った。ここまで言わなければ、きっと萌黄とは距離を置けないだろう。優《やさ》しい彼女のことだから、気にかけて声を掛けてくるに違いないのだから。

「そっか……」

答えを聞き終えた萌黄は、寂しそうに顔を俯《うつむ》ける。

終わったなと思った。同じ漫研に所属して、萌黄との仲は少しずつでも深まっていたはずだが、これで全《すべ》て終わりだ。

萌黄はきっと伊織のことをマンガのことしか考えていない冷たい人間だと思うだろう。

しかし、それも仕方ないことなのだ。全てはマンガのため。マンガのためなら気になる女子に嫌われても仕方ない――。

「えへへ……。やっぱり左右田くんは凄《すご》いね」

「へ？」

伊織の目に映ったのは、笑顔で自分を見つめる萌黄だった。

「そうだよね。左右田くんはプロの漫画家《まんがか》だもんね。自分のマンガに全力で取り組みたいのは当たり前なのに、邪魔《じゃま》しちゃってごめんね」

萌黄の笑顔には一抹《いちまつ》の曇《くも》りもない。伊織のことを見つめる彼女の瞳《ひとみ》は、全てを許すかのような慈愛《じあい》に満ちていた。

ここでさらに説明しよう。

霧生萌黄《きりゅうもえぎ》はマンガ好きである。

そして、好きだからこそ優《すぐ》れたマンガ収集力を有するようになった。

逃げる伊織《いおり》を捕獲したスピードも、そのものずばりマンガ収集のために養ったものではあったが、マンガ収集に必要なのは何も速さだけではない。

マンガを集めるために『速さ』よりも必要になること、それは『待つ』ことである。

マンガはそれがどんなに面白いものであっても、出版が確約されたものではない。

時には作者が先の展開を思いつかないとしてなかなか続きが描かれないことがある。また時には作者が趣味のゲームに忙しくて続きが描かれないことがある。

望めば手に入るほど、マンガというのは恵まれたものではない。どんなに望んでも容易には手に入らないことがある。

ではそうしたマンガを手に入れるために読者に出来ることは何か。

それは『待つ』ことである。

ただ待つのだ。漫画家《まんがか》のことを信じて待つのだ。大好きな作品のために待ち続けるのだ。

霧生萌黄は、これまでだって数多くのマンガを待ち続けてきた。いや今現在だって、数多くのマンガを待ち続けている。大好きなマンガを生み出してくれた漫画家たちのことを信じて、ただ待ち続けている。

だから伊織のことだって、萌黄は信じて待つのだ。

「あのね私じゃ左右田《そうだ》くんの役には立てないと思うんだ。……でも、ずっと応援してるからね」

そう言ってニッコリと笑う。

萌黄の背中に、伊織は後光を見た気がした。

天使だ。天使がここいる。

「がんばってね左右田くん！　じゃあね、バイバイ！」

優《やさ》しい笑みを浮かべた萌黄は、小さく手を振って別れを告げると、学校へと戻って行った。

その場に残された伊織は、よろよろと力なく立ち上がる。

しばらくの間、去りゆく天使の背中を呆然《ぼうぜん》と見送った。

「──見とったで、左右田」

ぼんやりとしていた伊織を覚醒《かくせい》させたのは、すっかり耳に馴染《なじ》んだ関西弁だ。

声のした方に振り向くと、翔太郎《しょうたろう》が近くの電柱にもたれかかりながら、伊織のことを感心した様子で見ていた。

インナーのシャツやズボンは違うが、相も変わらずキャップと上着のジャージは、トレードマークのように同じものを身に着けている。

「高良《こうら》!?　君がどうしてここに!?　……また『偶然』なのか？」

伊織《いおり》は、当然の疑問を翔太郎《しょうたろう》にぶつける。うちの学校の生徒でもない翔太郎が、この界隈にいる理由が思い当たらない。

「ああ、いやな。ほたる先生に言われて、軽くキミの様子を見に来てん。キミが女の子に手を出してないかどうかの監視ってやつや。けど、こうやって女の子を避けているってことは、ほたる先生の言い付けをちゃんと守ってるみたいやな」

「……僕は約束を破るような人間じゃないよ」

相手は尊敬する漫画家《まんがか》だし、守れば面白いマンガが描けるというのだから、尚更《なおさら》である。

「へえ、なかなかえらいやんか。もし女の子と仲良くしてたり、一緒にいるようなら、力ずくでも引き離せって言われててんけど、その必要もないみたいやな」

「……ふん、当然だよ。面白いマンガのためだ。このくらい造作もないさ」

「しっかし、ほんま意外やわ。編集長さんの娘さんも可愛《かわい》い子やったけど、さっきの子も可愛かったし。なんや、キミ、モテモテやんけ」

「と、当然さ。僕ほどの天才漫画家、言い寄ってくる子が後を絶たないもんでね」

こんな状況初めてだったのだが、咄嗟《とっさ》に強がってしまった。

「………………」

伊織は学校の方を見て、苦痛の表情を浮かべる。

自分のことを心配し、こうやって追いかけてきてくれる女の子が身近にいてくれる事実を知って、申し訳ない気持ちが満ち満ちていたのだ。

今朝《けさ》の楪葉《ゆずりは》のことも思い出す。彼女だってとても心配してくれていた。その気持ちを無下《むげ》にして避けてしまったことへの罪悪感が湧《わ》いてくる。

それと同時に、萌黄《もえぎ》や楪葉と喋《しゃべ》りたい、仲良くしたいという気持ちが湧き上がってきてしょうがなかった。

さっきから彼女たちとイチャイチャする『妄想《もうそう》』が頭を駆け巡るのだ。

伊織も思春期の高校生だし、多少なりともそういうことを考えたりはするが、こんなにも強い気持ちは初めてだった。

「これか……。これなんですね、ほたる先生……！」

今ならとんでもない『イマジネーション』を原稿《げんこう》にぶつけられる気がする。

実際、今、頭の中で素晴らしいストーリーが浮かんできているのだ。昨日《きのう》までの自分では生み出せなかった発想が頭を駆け巡っていく。

この状態なら、間違いなく『面白い恋愛マンガ』を描ける、そう確信出来た。

「おい、高良《こうら》……。今なら君を超《こ》える作品が描けそうだよ」

伊織は翔太郎を見て、ニヤリと笑う。

「なんやって？　それは聞き捨てならんなあ」

イラッとした声——ではなかった。翔太郎は伊織の自信溢《あふ》れる宣言を聞いて、どこか楽しげだった。

「ふふっ、ええやん。ボクも相手が強ないと張り合いないしな。楽しみにしといたるわ、キミのその作品を。――ま、どんなマンガを描いてこようが、それ以上の最高のマンガ描いてキミを倒したるから、せいぜい覚悟しとくんやな」

「ああ、望むところだ。高良《こうら》、君の作品の方も楽しみにしているよ。言っておくが、つまらん作品だったら許さないぞ」

出会った当初、いがみ合うばかりだった二人の高校生漫画家《こうこうせいまんがか》だったが、今はもうそんなことはなかった。むしろ、お互いの成長を喜べる余裕があったし、切磋琢磨《せっさたくま》し合《あ》う『仲間』の雰囲気すらあった。

「ほな、さっさとほたる先生のとこ行こか。今日《きょう》も原稿《げんこう》のために、キミにやって欲しいことがあるらしいからな」

「……やって欲しいこと？」

「ああ、先生の『イマジネーション』のためのお手伝いや」

昨日《きのう》も『アシスタント』と称して『色々』とやらされたが、今日もなのかとげんなりしてくる。何でもするとは言ったが思った以上に容赦がない。自分とほたるの名誉のために、何をされたか詳《くわ》しくは言えないが。

「多分、昨日よりえげつないと思うで」

「嘘《うそ》だろオイ！　昨日僕がどんな思いをしたと思ってるんだ！」

家族やクラスの友達には絶対知られたくない、恥辱《ちじょく》と屈辱の限りを体験したばかりだというのに、まさかあれが序の口だとでもいうのか。

「ボクに言うなや。だって、ほたる先生、キミのためになんや用意してはったからなあ……。多分、キミ、一杯着させられると思うで……」

「何を⁉　着させられるって、何を⁉」

「同情するわ……。あんなん着てる姿、知り合いにでも見られたら自殺モンやで……」

「何⁉　なになに⁉　マジでなんなの⁉」

「大丈夫やて。ボクがまた適当にフォローしたるから」

「た、頼むぞ！」

いつもならともかく威張った態度を取ろうとする伊織《いおり》が、今は焦りっぱなしの情けない様子だったので、翔太郎《しょうたろう》は思わず笑ってしまう。

――糸屑《いとくず》ほたるのアシスタントを通し、伊織と翔太郎の間には、奇妙な信頼関係が芽生えつつあった。

第四章　祭りの夜に

楪葉《ゆずりは》が伊織《いおり》とのコミュニケーションを断たれてもう1週間以上になる。

彼女は、茫然自失《ぼうぜんじしつ》といった表情で屋敷の大広間に、一人ぽつんと座り込んでいた。

その周囲は赤々と照らされ、異常な熱気に包まれている。

屋敷内を激《はげ》しい炎がメラメラと燃え上がっているのだ。

侵略すること火のごとし。昔の人は上手《うま》いこと言うものだと、楪葉は迫りくる炎を眺めつつ、ぼんやりとそう思った。最初は小さな蠟燭《ろうそく》大だった火の塊《かたまり》が、今では屋敷全体を包む炎の渦《うず》となっている。こうやって火の侵略にさらされたら、気づいた時にはもう手遅れになるのだ。瞬《また》く間《ま》に追い詰められ、残されるのは灰となった残骸《ざんがい》だけ。

つい先ほどまでは広すぎて寒々しかった大広間が、もうしばらくすれば文字通り火の海となる。そうなれば楪葉もまた生きてはいられない。

「ごほっ、ごほっ……」

室内に充満していく煙を吸い込み、楪葉は咳《せ》き込《こ》んだ。

このままでは炎に焼かれるのを待たずして、煙に飲まれて死んでしまうことだろう。

だんだんと薄《うす》れゆく意識《いしき》の中で、楪葉の脳裏に過去の記憶《きおく》が蘇《よみがえ》っていく。

それはこれまでにも何度かあった経験だ。『マンガの神様』が巻き起こす災難により、楪葉は以前にも生死の境をさまよったことがある。

そうした時、これまではいつも亡き父との思い出が走馬灯の大半を占めていた。

だが今この瞬間《しゅんかん》、楪葉が見たのは、漫研《まんけん》のみんなとの、なによりも伊織との思い出だった。

初めて出会った学校でのひと時。一緒に歩いた学校からの帰り道。本心をぶつけ合った自宅での一幕。

それら全《すべ》てが楪葉にとって掛け替えのない思い出だ。伊織が恋愛マンガを描くためにした仮《かり》初《そめ》のデートだって、楪葉にとっては宝物なのだ。

「伊織くん……」

楪葉の声は、崩《くず》れゆく屋敷の轟音《ごうおん》にかき消される。その声が伊織に届くことはない。

もちろん楪葉だって分かっている。今この場に都合よく伊織が登場することなど、普通はありえないことだ。リアリティに欠けるご都合主義の極《きわ》みと言えるだろう。

そう分かっているのに、炎を乗り越えて伊織が登場する場面を思い描いてしまう。

「……助けて」

楪葉は祈りを込めて言葉を発する。自分に取《と》り憑《つ》いた『マンガの神様』が、ヒーローを登場させてくれることを願って。

「――お嬢様《じょうさま》！」

朦朧《もうろう》とする意識《いしき》の中で、楪葉《ゆずりは》はガラスを打ち破る音を耳にした。


「……ええ、お蔭様《かげさま》で」

「おケガはないですね？　楪葉お嬢様」

燃え盛る屋敷から楪葉を救い出したのは、家政婦の天宮《あまみや》だった。

天宮はまだうら若い女性でありながら、海外の特殊部隊に在籍《ざいせき》していた経験もある歴戦の兵士だ。燃え盛る屋敷の中から楪葉を救い出すことなど、天宮からすれば朝飯前《あさめしまえ》のことであった。

「それにしても、マンガのために別荘を全焼させるなんて、さすがはお嬢様です」

「ええ。やはり実際に体験することが一番ですからね。キャラクターが燃え盛る館から救い出されるシーンに臨場感を出すためなら、別荘の一つや二つ、安いものですよ」

と、楪葉はさも当然のように言う。先ほどの一幕は、いつものように【スタプリ】制作のための荒行《あらぎょう》だ。

あれだけの激《はげ》しい炎に包まれながら、楪葉は傷一つ負っていない。天宮がいるからこそ、楪葉は安心してマンガのために危険なシチュエーションを体験出来るのである。

そんな二人は今、杜若《もりわか》邸の大浴場にいる。

「……あの、やっぱり自分で洗いますので、天宮さんは先に上がって下さい」

「いいえ、そんなわけにはまいりません。火事場の煤《すす》で汚れたお嬢様のお身体《からだ》を清めるのは、この天宮の使命であり喜びなのでございます」

天宮が満面の笑みで言う。本心から喜んでいるのが伝わってくる笑顔だった。

「はぁはぁ……。お嬢様のお肌は火事の後でもスベスベですね。こんな綺麗《きれい》な肌に何かあったら人類にとって大惨事です。傷一つなくお救い出来て本当に良かったです」

「……あの、天宮さん。出来ればスポンジで洗ってくれませんか？　素手で触られると、少しこそばゆいです」

「いけませんお嬢様！　お肌は直接手で洗うのが一番なんですよ！　だからぜーんぶこの天宮にお任せ下さいませ！」

鼻息荒い天宮にやけにねっとりとした手つきで背中を流されていると、楪葉の中で天宮に対する絶対的な信頼感が失われそうになる。

とはいえ、天宮が頼りになる人物であることは間違いないのだ。

楪葉は炎に迫られるシチュエーションを経験しつつ、勢いを強くしていく炎の様子をスケッチしていた。その朦朧とする意識の中で描いたスケッチ画を、1枚たりとも焼かれることなく火事の中から楪葉共々救い出すことが出来る人物など、天宮の他にいないだろう。

だから楪葉は天宮に感謝《かんしゃ》している。彼女には感謝してもしきれない。

ただそれでも、そんなことは起こりえないことだとは分かっているのだが、もしあの火事の中から自分を救出してくれたのが天宮《あまみや》ではなく伊織《いおり》だったらと、そんなことを楪葉《ゆずりは》は考えてしまうのだ。

「そういえば、明日《あした》は霧生《きりゅう》様たちとのお約束の日でしたよね？」

強張《こわば》った表情の楪葉だったが、その問いかけを受け、少し頬《ほお》を緩《ゆる》めながら頷《うなず》く。

「ご安心下さいませ。既《すで》に私《わたくし》がお嬢様《じょうさま》のために、明日のお召し物の浴衣《ゆかた》をご用意しております」

明日の夜、町で初夏の花火大会がある。

そこへ萌黄《もえぎ》たち漫研《まんけん》の皆と出かける約束をしていた。例年の楪葉ならそのような誘いは間違いなく断っていただろうが、今回は勇気を出して赴こうとしている。『マンガの神様』を恐れず、仲間たちとの思い出作りをするのだ。

それに、もしかしたらそこでなら――。

「左右田《そうだ》様、来て下さるといいですね」

天宮が心を読んだかのように、楪葉にそっと言った。

「べ、別に、伊織くんのことなんて知りません！」

「お嬢様をお姫様抱っこで救出するという美味《おい》しい役目を譲《ゆず》りたくなくて、今回もついつい私《わたくし》が出しゃばってしまいましたが、本来なら左右田様に連絡して助けに来ていただくよう手配するべきでした。申し訳ございません」

神妙な表情の天宮に言われて、楪葉は伊織にお姫様抱っこをされる自分を想像してしまった。

「な、なな、何を言い出すんですか！　そ、そんな展開は無茶苦茶です！　没ネタですよ没ネタ！　変なこと言わないで下さい！」

「ああん！　お嬢様のお顔が真っ赤に！　可愛《かわい》らしすぎます！　さすがお嬢様です！」

楪葉は赤くなった顔を下に向ける。

天宮の指摘は正しい。

久しぶりに伊織の顔が見たかったし、話がしたかった。


伊織が楪葉や萌黄との交流を断ってから、1週間が過ぎていた。

女の子への『フラストレーション』は、嫌というほど溜《た》まりまくっている。

「おーい、日芽《ひめ》」

妹の部屋に入り声を掛けるが相変わらず返事がない。日芽はパソコンにかじりついたまま動こうともしない。

ほたるから家族との接触は禁じられていないが、別の理由で日芽とはずっと会話をしていない。日芽はこうやって部屋に閉じこもり、翔《しょう》太郎《たろう》のＷｅｂマンガを読み返し続けているからだ。

「……いつまでそうやっているつもりだ」

「うるさい！　面白いマンガをくれないお兄ちゃんなんて知らない！」

ハイライトのない瞳《ひとみ》をこっちに向け、またすぐにパソコンのディスプレイに向き直る。完全に心を閉ざしてしまっているようだ。

見かねた伊織《いおり》はやれやれと肩を竦《すく》めてから、その小さな背中に近づく。

「ほらよ」

伊織は、紙の束をちょこんと日芽《ひめ》の頭のてっぺんに乗せた。

「お望みの品だぞ」

それはマンガの原稿《げんこう》だった。もちろん伊織の描いたものである。

「…………ふん」

日芽は、疑いの表情を浮かべながらもその原稿を受け取り、投げやりな動作でめくっていった。

するとどうだろう。

「……？　…………っっッ!?　…………っっッっッ！」

虚《うつ》ろだった日芽の瞳《ひとみ》に、徐々に光が戻っていく。

それに比例して、ページをめくるスピードも増していく。

「お、お兄ちゃん……」

全《すべ》てのページを読み終えるとすぐに、日芽は伊織にひしっと抱き付いた。

「やっぱりわたしにはお兄ちゃんのマンガが一番だよ！」

戻った。いつもの妹に戻った。

伊織は日芽の無邪気な笑顔を見下ろしながら、満足そうに頷《うなず》く。

——ようやく追いついた。

女の子との交流を断ち、溢《あふ》れ出《で》る妄想《もうそう》を込めて描き上げた『恋愛マンガ』の試作1号。それは【UTSUSEMI《うつせみ》】の世界に呑《の》まれた日芽を解放する力を持ち合わせていた。

これで糸屑《いとくず》ほたるの教えは正しかったと確信出来た。

だがまだだ。

翔太郎《しょうたろう》だって連載《れんさい》のために更なる進化を遂げてくるに違いない。だから、もっと上を行く作品を描かなければならないのだ。


伊織はそのまま糸屑ほたるのアシスタントに赴いた。恋愛マンガへの確かな手ごたえを感じ、ほたるの偉大さを思い知った伊織は、昨日《きのう》までとは打って変わり、意気揚々と『スタジオほたる』までやってきていた。

勝負用の作品の締《し》め切《き》りまで2週間を切っているが、自分の成長を実感しているので、焦りもほとんどなかった。

——しかし、たった今は、ここに来たことを後悔している。

「イイわよ！　その調子よ！　二人ともそのまま続けなさい！」

いつもなら個々に呼び出されるのがほとんどなのだが、家に到着するなり伊織《いおり》は、翔太郎《しょうたろう》と共にほたるの仕事部屋に召喚《しょうかん》された。

そして——。

「ううぅ……」

「あぁ……。ああぁ……」

二人の高校生《こうこうせい》漫画家《まんがか》は地面に這《は》いつくばり、互いの身体《からだ》を密着させている。

——ギシギシ——。——ギシギシ——。

「くっ……。あっ……。ううぅ……」

「アカン……。そこは……」

堪《こら》え切《き》れず、少年たちは辛《つら》そうに吐息を漏《も》らす。

——ギシギシ——。——ギシギシ——。

「ア、アホ……！　へ、変なとこ触るなや……！」

「そ、それはこっちの台詞《せりふ》だ！　くっつくんじゃない！」

「イイわよ二人とも！　すごく！　すごくイイわッ！」

——現在、彼らはほたるの目の前でツイスターゲームをさせられている。

ツイスターゲーム——4色の円がプリントされたマットの上で、指示された色の円に手足を動かし、倒れないように維持するゲーム。手足の裏以外の部分がマットについたら失格なので、いかに上手《うま》く倒れないように体勢を動かせるかの駆け引きを楽しむゲームなのだが、いかがわしい目的に使われることの方が多いだろう。

何故《なぜ》なら、男女の身体が密着するのもこのゲームのルール上やむを得ないことだからだ。時には意図せずとも、あられもない格好へと導かれることもあろう。

マンガでもお色気シーンで使われる題材だし、実際に女の子とやれば胸が高鳴ることだろう。

しかしだ。

「アホ！　こっち顔向けんなって！」

「仕方ないだろ！　体勢的にキツイんだよ！」

相方は男なのである。楽しくもなければ、苦痛でしかない。

「イイわ！　あなたたち、ほんっと最高よ！」

ほたるはというと、伊織と翔太郎の『絡《から》み』を見て歓喜の声を上げている。彼女の『イマジネーション』は極限まで高められているのだ。さっきから二人の様子を見ながら、作業机でペンを異常な速度で動かしている。あまりに激《はげ》しい手の動きで、机がギシギシと音を立てて小刻みに振動しているくらいだ。

伊織の眼前に翔太郎の端整な顔が迫ってきて、嫌でも目に飛び込んでくる。

「な、なにジロジロ見てんねん！」

そう言って翔太郎《しょうたろう》は頬《ほお》を赤らめている。

なんなんだよその反応は……。

まさかそっちの気が……。

だが、どうしてだろう、伊織《いおり》は悪い気がしなかった。

（こいつ……。睫毛《まつげ》長いな……）

ふと眺めていると、こっちまで変な気分になってくる。

（肌、キレイだよな……。おまけにいい匂《にお》いだし……）

……あれ、なにこれ。……なにこの気持ち。

（ウ、ウソだろぉぉぉ⁉）

伊織は自分自身に恐怖を覚えた。

女の子への接触を禁じられてきた反動が、どうやら別の方向にも向いてしまっているようだ。

（違う！　違う！　僕はそっちの趣味なんてない！）

「うわッ！」

とうとう体勢を崩《くず》した伊織は、翔太郎と抱き合うかたちで地面に倒れた。

「キタァ――――――――――ツッッ！」

途端、ほたるから今日《きょう》一番の大歓声が飛び出した。

「……大丈夫か、左右田《そうだ》」

ようやく解放され、リビングのテーブルに項垂《うなだ》れる二人。

「ああ、なんとか……な……」

伊織の生気の抜けた顔を、翔太郎は苦笑いしながら眺める。

「おいおい、ずいぶんしんどそうやな。そんなんで勝負用の読みきりが描けるんか？　もしアシスタント辞《や》めたいなら、ボクから先生に言うたろか？」

「ふざけるな。ほたる先生には恩義がある。先生のお蔭《かげ》で素晴らしい作品が出来上がりつつあるんだ。こいつはその恩返しだよ。それに、君一人に負担をかけさせたくないし」

「……ふーん。ボクの心配してくれてんのか」

「バカか。勘違いするなよ。勝負を公平にするためさ。アシスタントの忙しさを言い訳に使われたくないしね」

仏頂面の伊織とは対照的に、翔太郎はにこやかな笑みを浮かべていた。アシスタントとして同じ時間を過ごしたことで、翔太郎は伊織のことを面倒くさいだけで、根は悪い人間ではないと思うようになっていたのだ。

「ハハッ。まあ、そういうことにしといたるわ」

「な、なんだよ！」

「あー、はいはい。そんないちいち怒んなって。そういや話は変わるけど、明日《あした》ってなんか町の方でイベント事があるみたいやな？」

伊織《いおり》がしつこく文句を言ってきそうなので、翔太郎《しょうたろう》は適当に話題を変えることにした。先ほど買い物に行った際、スーパーに花火大会のポスターが貼《は》ってあったのを思い出したのだ。

「……らしいね。だが、僕たちにはそんな時間はない」

すぐに伊織は、翔太郎が花火大会のことを言っているのだと察した。

というのも、学校で丸山《まるやま》から漫研《まんけん》の皆で花火を見に行こうと誘われていたからである。もちろん、楪葉《ゆずりは》や萌黄《もえぎ》との接触を避けるため、丁重に断ってはいるのだが。

「まあ、せやな。左右田《そうだ》の言うとおり、お祭りなんてボクらには関係ない話や」

「ああ」

伊織としては平静を装っていたが、翔太郎には伊織の顔がひどく寂しげに見えていた。

◆

翌日。

花火大会当日がやってきた。

花火が打ち上がる河川敷《かせんしき》近くの街並《まちな》みには、そこら中に出店が立ち並んでいる。市内に住む人々はもちろん、市外からもこぞってこの祭りのために押し寄せてくる。普段静かな町が今日《きょう》だけは、気温とは異なる熱気に包まれるのだ。

学生たちにとっては、夏休み前の一大イベントといったところだろうか。門限の厳《きび》しい家庭もいつもよりは多少緩《ゆる》くなるし、受験生たちもこの日くらいはと思い出作りに全力投球する。

見渡すと十人十色の景色が広がっている。

実生活で着る機会のない浴衣《ゆかた》を着て友達や彼氏に披露《ひろう》したい女の子。それを見るためだけに遠路はせ参じる烏合《うごう》の衆《しゅう》。祭りの特需に期待して店頭で必死に客寄せをする店主。

そんなカオスな空間から離れたところで、浴衣姿の美少女二人が並んで歩いていた。

彼女たちはその格好でありながら、祭りとは反対方向に歩いていく。

「ゆずちゃん、ゆずちゃん！　ホント、めちゃくちゃ可愛《かわい》いよ！」

「部長さんこそ、マンガから飛び出してきたみたいですよ。私が男の子だったら、即ガバッてしてますよ。ガバッて」

その美少女たちは、今日会ってからずっとお互いを褒《ほ》め合《あ》い続《つづ》けている。

お世辞なんかではないし、友達だから大げさに持ち上げているわけでもない。全《まった》く顔見知りでもなくても、こうやって褒めちぎりたくなっていただろう。

それほどまでに、楪葉と萌黄の浴衣姿は、それぞれとても魅力的《みりょくてき》だった。

楪葉は天宮《あまみや》に着付けをしてもらって、満足げな表情で屋敷を出てきた。出る直前まで天宮が涎《よだれ》をジュルジュルいわせながら、カメラのシャッターを切りまくっていたが、その程度、これだけの仕事をしてくれたのだから安いものだ。

　萌黄は日本にいた頃、母親と一緒に着付け教室に行ったことがあったので自分でやったらしいが、バッチリの着こなしだ。髪《かみ》に差した花簪《はなかんざし》がとても似合っている。

「ねえねえ、ゆずちゃん。浴衣《ゆかた》って、スースーしてちょっと歩きにくいよね」

「え？　そうですか？　スースーっていうよりは、帯で締《し》め付《つ》けられてギュッとしてるって感じですが」

「いや、あの下が……ね？」

萌黄は、自分の帯より下の方をチラッと見て、頬《ほお》を染めている。

「え？　ちょ、ちょっと待って下さい。部長さん。ま、まさか、あなた……」

どうやら萌黄は『アレ』を穿《は》いていないようである。

「え⁉　浴衣って下は着ちゃいけないルールじゃないの⁉」

「いやいや……。昔はパンツ自体なかったしそうかもしれませんが、現代にそんなルールないですよ……」

「ええ！　そうなの⁉」

恐るべき天然パワーだ。萌黄、恐ろしい子。

しばらく恥ずかしさで萌黄はワタワタした様子だったが「まあ、はだけないようにさえ注意すればいいよね」とあっさり冷静になった。何ごともポジティブシンキングが彼女の魅力《みりょく》の一

つなのである。

「それにしても、左右田《そうだ》くんの家に行くの久しぶりだな！」

萌黄《もえぎ》は嬉《うれ》しそうに言った。

萌黄は小学生のクラス委員の時、風邪《かぜ》で学校を休んだ伊織《いおり》にプリントを届けに行って以来なのだ。そのたった1回の来訪ではあるが、伊織の家の場所は知っているし、今でもちゃんと道を覚えている。

「ふっふっふ……。左右田くんも浴衣《ゆかた》姿のゆずちゃんを見ちゃったら、さすがに今日《きょう》ばかりは遊びに来ちゃうだろうな」

少女たちは二人で、伊織を今日の花火大会に誘いに行くところなのだ。

萌黄がニッコリと楪葉《ゆずりは》に微笑《ほほえ》んでいる。普段ならその笑みを見ているだけで楪葉も明るい気持ちになるが、今ばかりは伊織の話題になると、あの日の彼の険《けわ》しい顔が思い浮かんでどうしても不安が先にきてしまう。

「……どうですかね。部長さんのことはともかく、あの人は私に興味《きょうみ》ないでしょうし……」

「そんなことないよ！　きっと喜んでくれるし来てくれるって！」

この数日、楪葉は伊織の顔さえ見ていなかった。

漫研《まんけん》に伊織がやって来ないからだ。

あの日、散々避けられたことがショックで、教室を覗《のぞ》きに行く勇気も出てこなかった。

それでも楪葉は漫研の面々には心配をかけまいと平静を装っていたのだが、萌黄には伊織との関係で落ち込んでいるのがばれていたのだろう。

ここずっと、萌黄は何かと楪葉のことを気遣ってくれている。

「大丈夫だよ、ゆずちゃん！　左右田くんだって今日のお祭り、来たいはずだし！」

「でも、一度は断られたんでしょ……？」

「うん、丸山《まるやま》くんが誘ったら、ダメって言われたんだって。でも左右田くん、断りながらも、すごく行きたそうな顔をしてたらしいし、ホントは無理してるんだと思うんだ。左右田くんはプロの漫画家《まんがか》だから、いいマンガを描こうって気持ちが張りつめているだけなんだと思う。ゆずちゃんに素っ気なかったのも、マンガのことで頭がいっぱいになってただけなんだよ」

萌黄がそっと楪葉の肩に手を置いた。その仕草から眼差《まなざ》しまで、彼女の何もかもが優《やさ》しさに満ちていて、楪葉の心がじんわりと温められる。

あれから楪葉は自分だけでなく、萌黄までも伊織に避けられていると知った。彼女は伊織から今度の読みきりマンガに専念したいと言われたそうだから、そうなると伊織の楪葉に対する態度も、『マンガの神様』とは関係なさそうではある。

でも、だからといって手放しに喜べるはずもない。萌黄は同じ教室にいながら伊織に避けられているのだ。彼女は伊織のことを尊重しているようだが、それでも傷つかないはずがない。無視されて愉快《ゆかい》なはずがない。

そのはずなのに、萌黄《もえぎ》はこうやって屈託なく笑ってみせているのだ。

「あのね、私に出来ることは、左右田《そうだ》くんを応援することだけかなって思うの。だから、今日《きょう》のお祭りが、少しでも左右田くんの気分転換になればいいと思うんだよね」

楪葉《ゆずりは》は、萌黄の笑顔を見ながら、この子は本当にいい子だなあと思った。楪葉と伊織《いおり》、両方のことを想《おも》っての言葉であり、行動なのである。

そんな会話をしているうちに、二人は左右田家の前に辿《たど》り着《つ》いた。

いざ目の前にして、楪葉はちょっと緊張《きんちょう》してしまっている。伊織の方が楪葉の家に来たことはあるが、逆はこれが初めてだからだ。

それとは対照的に、萌黄は躊躇《ちゅうちょ》なくチャイムを鳴らした。

「クラスメイトの霧生《きりゅう》萌黄と申します！　左右田伊織くんいらっしゃいますか⁉」

すると、伊織の家族だろう、インターフォンから幼い少女の声で返事があった。

しばらく待ってみると、

「ゴメンなさい、お兄ちゃん今忙しいって……」

玄関から出てきたのは、その声の主、ツインテールの少女だった。

「ふぅぇ⁉」

彼女は二人の浴衣《ゆかた》美人を見て、大げさな驚《おどろ》きのリアクションをしている。

「お、お兄ちゃ――――んッ！」

　その少女――左右田日芽《ひめ》は、慌《あわ》てて家の中に引っ込むと、伊織を強引に部屋から連れ出す。

「なにしてるの!?　ほらほら！　お客さん帰っちゃうよ！」

　兄にこんな可愛《かわい》い女の子の知り合いがいたことに、日芽は大きくテンションを上げていた。

　しかも、飛びっきりの美少女が二人もだ。マンガバカの気難しい性格なので、女っ気など全《まった》くないとばかり思っていたし、妹としてこの状況が嬉《うれ》しかったのである。

「お、おい、やめろって！」

　抵抗するも、日芽の謎《なぞ》のパワーによって、結局、伊織は玄関から突き出されてしまった。

「こんばんは、左右田くん！」

　玄関先に立つ少女たちを見て、伊織は目を丸くする。

　自分がマンガの中に入ったのかと錯覚《さっかく》してしまうほどだった。

　夜空の花火なんかよりもよっぽどキレイな大輪の花である。

「一緒にお祭り行こう！」

　しかも祭りのお誘いときたものだ。女の子の方からわざわざ誘いに来てくれるなんて、人生にこんな瞬間《しゅんかん》が訪れるとは思わなかった。

「あ、あああぁぁ……」

　普通だったら、何の迷いも抵抗もなかっただろう。「しょうがないなあ、マンガのアイディア収集を兼ねて付き合うよ」などという言い訳でもしながら、このままウキウキ気分で家を出ていたことだろう。

だというのに、伊織《いおり》は気まずそうに目を泳がせるばかりだった。

萌黄《もえぎ》は満面の笑顔を浮かべて答えを待っている。

しかし――、

「…………行かない」

伊織から告げられたその言葉で、萌黄の明るい表情が一転して曇《くも》る。

「どうして……？」

「原稿《げんこう》があるんだ。さっさと帰ってくれ」

「で、でも……。今日《きょう》の一日くらい……」

「ああもう！　うるさいんだよ！　帰ってくれ！」

拒絶。無慈悲《むじひ》なまでの拒絶。

「――部長さん、もう行きましょう」

楪葉《ゆずりは》は、威圧的な視線を伊織に飛ばす。

彼女は怒っていたのだ。

約束してここに来たわけではない。いきなりのアポなし訪問をしたのは確かだ。しかしこうまで冷たく突き放されると、こちらの厚意や思いやりを土足で足蹴《あしげ》にされたような感覚だった。

これは、自分や萌黄のことを何一つ考えていない、最低の振る舞いだ。

──私たちが、どれほど心配しているのか分かっていないのだろうか。

「この人は、マンガの方が大事なんですよ。そういう人なんです」

楪葉から言われると、なんともショックな一言だった。

色んな感情が一気に渦巻《うずま》き、伊織はグッと歯を食いしばる。

「ああ、そうだよ！　僕はマンガが一番大事なんだ！　君たちと遊ぶのなんて、時間の無駄でしかない！　だから帰れよ！」

そして、とうとうそう言い放ってしまった。

玄関先を重苦しい空気が襲《おそ》う。

「……ごめんね、左右田《そうだ》くん。……もう邪魔《じゃま》しないよ。けど、せめてこれだけ受け取ってくれないかな？」

その気まずい沈黙を破ったのは、萌黄のか細い声だった。

彼女は伊織に右手を差し出す。

「あのね、私なんかじゃマンガを描く手伝いなんて出来ないよ。だけど左右田くんの応援はしたかったから、これ、近くの神社でもらってきたの」

萌黄が右手に持っていたもの、それは首から提《さ》げられるよう紐《ひも》のついた御守《おまも》りだった。

伊織は黙って御守りを受け取る。これを受け取らないのは、これ以上に萌黄の優《やさ》しさを踏みにじるのは、人間として許されない気がしたからだ。

「……」

萌黄《もえぎ》は、もうなにも言わなかった。

悲しい目をして、伊織《いおり》の家から後ずさりする。

「行こ」

そのまま楪葉《ゆずりは》と一緒に歩いて行く。

「…………」

彼女たちが歩いて行くのを見届けると、伊織は玄関のドアを勢いよく閉めた。

それから伊織は、萌黄から渡された御守《おまも》りに目をやった。

その御守りには『安産祈願』と記されている。

なぜ男の伊織に安産祈願なのか。これが帰国子女ゆえの萌黄の天然なのか、それとも伊織が面白いマンガを産み出せるようにと意味を込めてのことなのか、伊織には分からない。

その答えを萌黄に尋《たず》ねることも出来ない。彼女は伊織が追い返したのだから。

伊織は泣いた。心で泣いた。

「最低だよ、お兄ちゃん！」

家の中から一部始終を見ていた日芽《ひめ》は、頬《ほお》をぷくっと膨《ふく》らませて非難の声を掛ける。

「うるさいんだよ！　お前に僕の気持ちが分かるか！」

伊織に怒号をぶつけられ、日芽はシュンとする。

――しょうがないじゃないか。

こうしなければ面白い恋愛マンガが描けないのだ。高良《こうら》翔太郎《しょうたろう》には勝てないのだ。『ライン』で連載《れんさい》が出来ないのだ。

――僕のこの苦しみなど誰《だれ》も分かるわけない。

涙まで浮かびそうだったので、日芽に見られないように自分の顔を覆《おお》う。

と、その時、また家のチャイムがすぐに鳴った。

――また僕の心をかき乱そうというのか。

伊織はイライラして頭を掻《か》き毟《むし》りながら、

「もう帰ってくれよッ！」

玄関のドアを激《はげ》しく開けて一喝した。

「な、なにがやねん……」

見知った顔ではあったが、玄関の外にいたのは楪葉たちではなかった。

高良翔太郎が驚《おどろ》いた表情で立っていたのだ。

「……すまない、人違いだ……」

伊織は素直に頭を下げて非礼を詫《わ》びた。

「……それで、高良。なんで君がこんなところにいるんだ？」

「ん？　ああ、キミに用事があってな。編集長からキミの家の場所聞き出して、わざわざここまでやってきたってわけや」

「だから何しに来たんだよ」

ふいに翔太郎《しょうたろう》は、その端整な顔を伊織《いおり》に近づけ、耳打ちする。


「――ほたる先生からの呼び出しや」


一気に緊張感《きんちょうかん》が走る。

伊織はすぐに強張《こわば》った顔で頷《うなず》いた。

「……分かった、すぐ準備してくる」

ほたるの言うこととなれば絶対服従だ。恋愛マンガを学ぶうえでそう約束したし、伊織はマンガのこととなると、特に律儀《りちぎ》な性格なのである。

すぐに出かける準備をした伊織は、迷った末に萌黄《もえぎ》から受け取った御守《おまも》りを首から提《さ》げた。女の子からのプレゼントと考えれば、ほたるの教えに反することになるのかもしれないが、それでも萌黄の気持ちを無下《むげ》には出来なかった。

「あれ？　お兄ちゃん、どこ行くの？」

慌《あわ》てた様子で、外出用のショルダーバッグを持って家から出ようとする伊織に、日芽《ひめ》はきょとんとした顔で尋《たず》ねる。

「ちょっと今から出かけてくる。日芽、留守番を頼んだぞ」

そう言って玄関を出て行く伊織を追いかけるようにして、日芽はぴょこっと家から顔を出してみる。

外を見てみると、伊織が翔太郎と横に並んで歩いていくのが確認出来た。

日芽にとっては、兄と一緒にいたのは知らない男の子だった。どこの誰《だれ》かは分からないが、一つだけ確かなのは、彼がかなりの美少年であったことである。

「…………」

日芽は、バタンと玄関のドアを閉め、フラフラと背中でもたれかかる。

そうやってしばらく呆然《ぼうぜん》とした。

頭の中で、日芽の（あまり性能の良くない）ＣＰＵが計算運動を始める。

——その１。可愛《かわい》い浴衣《ゆかた》姿の美少女二人からの呼び出しは拒否。

——その２。次にやってきた超絶美少年の誘いは即決。

導き出される結論は——、

「うわあああああああ！　お兄ちゃんがホモになったあああああああああ！」

祭《まつ》り囃子《ばやし》の音が心地良い。

街灯《がいとう》と共に、提灯《ちょうちん》が明々《あかあか》と辺りを照らしている。

出店の前を人々が行き交い、楽しげな笑い声を上げている。

「はぁ～。マジで伊織《いおり》こねーのかよ」

萌黄《もえぎ》からの報告に、丸山《まるやま》は「もったいないことしやがって」と呆《あき》れかえっている。浴衣《ゆかた》の美少女に囲まれるなんて、男にとって夢のような体験のはずだし、全《まった》くもって理解に苦しむ。

数日前、漫研《まんけん》の皆で夏祭りに行こうと丸山が提案していたのだが、伊織はこれをきっぱり拒否してきた。理由を聞いても「原稿《げんこう》があるから」と投げやりに言うばかり。

どうも最近、学校が終わるとすぐに帰っていくし、付き合いも悪い。

そこで奥の手とばかりに、今日《きょう》の当日、浴衣の萌黄たちをけしかけてみたのだが、まさかこれすらもきかないとは思いもしなかった。

楪葉《ゆずりは》と萌黄の浴衣のあまりの可愛《かわい》さに、丸山が「オレは今日死んでもいい！」と宣言するほどだというのに。

磯辺《いそべ》はため息をついて肩を竦《すく》めている。

「まあ、残念だけど、伊織抜きで行くしかないね～」

「まったく、左右田《そうだ》のやつ！　今日はあたしが久々の参戦だってのに！」

と、磯辺の横でふくれっ面を浮かべているのは、漫研の顧問《こもん》・古町《ふるまち》みもり先生である。

「ねえ、霧生《きりゅう》！　あたしが来てることは左右田に言ったの!?」

「あ、いえ……。そんな雰囲気じゃなかったので……」

「ああ、大丈夫だよ、もえちー。ミモリンじゃ効果薄《うす》いし」

「丸山、今なんか言った？」

「い、いや、なんでもないっす！　きっとミモリンがいると聞きゃあ、伊織も喜んで来てましたぜ！」

みもりは、今日は漫研の引率ということで、こうして祭りにやってきたのだ。

Tシャツに下はスウェットというオシャレの欠片《かけら》もない格好である。地は美人なのだから、浴衣でなくても、もう少しマシな格好をすればナンパもされまくりであろうに、何とももったいない話だ。

「ミモリンさ～、部活の方は全然来ないのに、こういう時だけ都合いいよね～」

「ちょっと磯辺！　それじゃああたしが遊びと聞いて飛んできたみたいじゃないの！」

そう言いながら、彼女の両手には既《すで》に、イカ焼きとリンゴ飴《あめ》、頭には【スタプリ】のころなのお面が装備されていたりする。

「あたしだって日々、色々と漫研のこと考えてんだからね！　今日はいつも頑張ってるあんたらの激励《げきれい》に来たのよ！」

「ああ～、そうなの～」

「当然よ！　よっしゃ、あんたら！　こうなったら左右田《そうだ》の分も楽しまなきゃ損よ、損損！」

みもりがはしゃぐ中、部員の女子二人は静かだった。

「…………」

楪葉《ゆずりは》は、萌黄《もえぎ》の顔をチラリと見る。

自分はいつものことだが、この子がこうであってはいけないと思い、楪葉は萌黄の浴衣《ゆかた》の裾《すそ》をチョンチョンと引っ張る。

「部長さん、先生の言う通りです。折角のお祭りです。楽しまないと損ですよ」

「え⁉　あ、う、うん！　そうだね！　よーし、楽しんじゃうぞ！」

萌黄はいつもの明るい笑顔で応えた。

ただ、それがカラ元気なのは、楪葉にはよく分かった。


伊織《いおり》は翔太郎《しようたろう》に連れられて、祭りで賑《にぎ》わう街中《まちなか》までやってきていた。

楪葉たちにバッタリ会わないかと、さっきからついつい周囲をキョロキョロとしてしまう。

「……なあ、高良《こうら》。それ、暑くないのか？」

見た感じは薄手《うすで》とはいえ、いつもどおり長袖《ながそで》のジャージを上に羽織《はお》る翔太郎に、伊織は気になって尋《たず》ねてみる。

「ん？　ああ、大丈夫や。それに、こいつはちょっと脱げん理由があってな」

「脱げない理由……？」

「お。そんなことより、ほたる先生おったで」

伊織たちがほたるに呼び出された場所は、花火が打ち上がる河川敷《かせんしき》だった。

まだメインイベントの花火までには時間があるが、少しでも良い場所を取ろうと、既《すで》に多くの人が集まりつつあった。

「ほれ、あそこや」

わざわざ翔太郎に指差されなくても、どこにいるかはすぐに分かった。

糸屑《いとくず》ほたるは、和の熱気が溢《あふ》れるこんな日でも、いつもと変わらず西洋風のド派手なドレスに身を包んでいたのだ。翔太郎よりもよっぽど暑苦しい格好である。

「翔太郎、伊織。よく来たわね」

設置されたベンチの一つに座り、ほたるは西洋扇子《せんす》で自分を扇《あお》いでいる。それだけで汗一つかいていないのが恐ろしい。そして目に見えて、周《まわ》りの人たちは異様な服装の彼女を避けている。あまりに場違いな存在だからだろう。

「ほたる先生、突然どうされたんですか？　そもそも、こういう祭りに参加されるなんて意外なんですが」

「あら？　花火を見に来たってわけじゃないわよ？　今日《きょう》はあくまでマンガの『イマジネーション』収集よ」

ほたるは畳《たた》んだ扇子《せんす》の先を、様々な方向に、次々と差す。

その方向全《すべ》てにあったのは、イチャイチャと寄り添うカップルたちだった。

「こういうイベント事はね、とっても『溜《た》められる』のよ。クリスマスやバレンタインなんてホント最高よね。街《まち》を見渡せばアベックだらけ。『ああ、うらやましい』——。『自分も恋愛をしてみたい』——。どう？　そういう気持ちが沸々《ふつふつ》とやってこない？」

「来てます……。来てますよ！　ほたる先生、今ボク、来てます！」

翔太郎《しょうたろう》が同調してそう叫ぶ。

「でしょ？　折角だからあなたたちにも『イマジネーション』のお裾分《すそわ》けってわけよ。二人とも、最高のコンディションで連載《れんさい》の勝負を出来るようにね」

伊織《いおり》もほたると翔太郎に見倣《みなら》って、周囲を見回し、河川敷《かせんしき》のカップルたちを観察《かんさつ》してみる。

川の流れを眺めながら肩を寄せ合い、ロマンチックな雰囲気を醸《かも》し出《だ》す男女がそこら中に点々と並んでいる。

——なんだこの込み上げてくる気持ちは……。

——ああ、羨《うらや》ましい……。

——本当は今頃《いまごろ》自分も、萌黄《もえぎ》たちと楽しく遊んでいるはずだったのに……。

伊織の何とも言えない表情に気づいたほたるは、ポンとその肩に手を置く。

「イイわよ、伊織。今あなた、相当キテるはずよ」

伊織は、切なげな眼差《まなざ》しでほたるを見る。

「あなた、女の子と一緒にいたくて仕方なくなっているはずよ。シたくてシたくて仕方なくなってるはずよ。自分もステキな恋愛をシたいって。今、激《はげ》しくそう思っているはずよ」

「はい……。僕、女の子と、遊びたいです……」

普段の伊織なら、絶対に口にしない言葉だった。

「素直になってきたわね。そう、その気持ちを原稿《げんこう》にぶつけなさい。今なら最高の恋愛マンガが描けるはずよ」

突然、伊織の隣《となり》にいた翔太郎が歓喜の声を上げる。

「ほたる先生！　出来そうです！　ボク、これならラストシーン描けそうですッ！」

「あら、そう。楽しみにしてるわよ。あなたのその最高の『妄想《もうそう》』」

「はい！」

伊織もまた、何か凄《すさ》まじい閃《ひらめ》きが生まれそうだった。

確かにこの溜まりに溜まった『恋愛へのフラストレーション』をマンガに生かせば、凄《すご》い結果になりそうである。

「……来る……。キテる……！」

『妄想《もうそう》』が湧《わ》き出《で》る。『幻想』が生まれる。『神話』が創られる。

今すぐにこの『イマジネーション』を原稿《げんこう》にぶつけたくて仕方なくなってきた。

ほたるに従い、伊織《いおり》と翔太郎《しょうたろう》は周囲のカップルたちを眺め続ける。彼らに見られていることに気が付いたカップルは、好奇と嫉妬《しっと》とが入り混じった異様な視線に対し、嫌悪感《けんおかん》を顔に出してその場をさっさと離れていく。

みるみるうちに、彼らを起点とした河原のその場所だけ、台風の目のように人が散っていく。

「ああ！　キテます！　ほたる先生、僕もかなりキテますよ！」

「ええやないか、左右田《そうだ》！　けど、キミには負けんで！」

「うおおおおおおおおおおおおおッ！」

「うりゃああああああああああああッ！」

「その調子よ二人とも！　でもまだまだね！　もっと！　もっとよ！　もっと『イマジネーション』を爆発《ばくはつ》させるのよ！」

カップルへギラギラと視線を飛ばし、歓喜の声を出す謎《なぞ》の集団。

周《まわ》りの人々にとっては、あまりに異常で、恐怖すら覚える存在であろう。ほたるの格好だけでも目立つのに、嫌でも余計に注目を浴びてしまっている。こいつらとは関わり合いになりたくないと、人々は冷たい視線を送っている。

車道の方からも、そんな三人を眺める一団がいた。

それはチンピラ風の男たちだった。

最初、そのうちの一人は「おかしな連中がいるなあ」とぼんやり眺めていたのだが、そこにいる少年の顔を確認して目の色を変える。

「あ⁉　あいつは！」

確信を得たその男たちは、ゾロゾロと河川敷《かせんしき》に下りてきて、伊織たちに近寄ってきた。

「おうおう！　ここであったが百年目だぜぇ！」

振り返って彼らの顔を見た途端、伊織は「げっ！」と後ずさりする。

「オラオラ！　俺らのこと忘れたとは言わせねえぞ！」

なんと、このあいだ公園で翔太郎が撃退《げきたい》したあのガラの悪いヤンキーたちだったのだ。

殴られた時のお腹の痛みを思い出し、伊織は顔を歪《ゆが》めた。

しかも、あの時いた三人とは別に、もう一人の男がその中に加わっている。

「こいつですアニキ！　俺らをコケにしやがったのは！」

新たな男は、一歩、ヤンキーたちの輪から歩み出る。

その『アニキ』と呼ばれた男は、恐ろしいまでに筋骨隆々《きんこつりゅうりゅう》の男だった。髪《かみ》の毛はツーブロックで眉毛《まゆげ》はない。タンクトップから出ている二の腕は、女の子の胴体くらいの太さだ。

屈強な肉体と修羅《しゅら》のような面構《つらがま》え。身長は2メートルを軽く超《こ》えている。以前の三人はせいぜい不良マンガの雑魚《ざこ》キャラだが、この男の存在感はバトルマンガのボスキャラのそれだった。

「こいつらが世話になったそうだな」

外見通りの野太い声で、『アニキ』が言う。

「シメてくだせえよアニキ！」

彼らには伊織《いおり》など眼中になかった。目標は翔太郎《しょうたろう》ただ一人。

どうやらこのヤンキーたちは、あの時の報復に出ようとしているのだろう。しかも大ボスを引っさげての再登場。正にマンガのような展開だ。

「……左右田《そうだ》、ほたる先生を連れて、早くこの場を離れろ」

翔太郎が真剣な表情で言った。素人《しろうと》である伊織から見ても、『アニキ』は明らかに強い。漫《まん》画家《が》にして武道家でもある翔太郎は、その強さをより具体的に感じ取ったのだろう。

「ボクのことなら気にすんな。こういう荒事《あらごと》がボクの担当なんはしゃーないよ」

伊織の目に映る翔太郎は、『アニキ』に対して怖気《おじけ》づいてはいなかった。すでにこれからの死《し》闘《とう》に対する覚悟が出来ているのか、その瞳《ひとみ》に迷いの色はない。

ゆったりとした足取りで『アニキ』が近づいてくる。ただ歩いているだけなのに地響《じひび》きを伴っているかのように錯覚《さっかく》してしまう。そんな圧倒的迫力。

川のほとりで対峙し、二人は互いに睨《にら》み合《あ》う。

もはや楽しい花火大会の場は過去のもの。今現在の河川敷《かせんしき》は、一触即発の決戦場だ。

騒《さわ》がしかった群衆も、固唾《かたず》をのんで事態の推移を見守っている。

紛《まぎ》れもなくこの場の主役は、翔太郎と『アニキ』の二人。自分たちはただ物語を見ているだけの読者。これから始まるバトルシーンを見届けるだけ。誰《だれ》もがそう思っていただろう。

たった一人を除いて。


「――待てよ。ここは僕に任せろ」


そのたった一人――左右田伊織が、翔太郎を庇《かば》うようにして前に出た。

「お、おい！　なに考えとんねん⁉　左右田の勝てる相手やないぞ！」

翔太郎に言われるまでもなく、伊織だって『アニキ』を相手にケンカで勝てるとは思っていない。一撃《いちげき》で倒される自信すらある。

「この間は助けられたからね。今度は僕が君を助ける番さ」

「アホ！　なにスカしとんねん！　キミ、そいつの舎弟にすら負かされとったやないか！　今度こそケガすんぞ！」

「……君だって、こんなやつとやり合えばケガをするかもしれないだろ。君への報復かもしれないが、元々は僕の蒔《ま》いた種だ。僕を助けたからこうなったんだからね」

「ボクはキミと違って武道の修行をしてる身や！　変な気使わんでええから、自分の心配だけしとけや！　ケガしてマンガ描けなくなったらどうする気やねん！　ボク一人に任せとけや！　ケンカが出来るボクが闘《たたか》うのが当然やろ！」

声を荒げる翔太郎《しょうたろう》に、伊織《いおり》もまた大声で言い返した。

「うるさい！　君の方こそ、もしケガをすればマンガが描けなくなるぞ！　僕との勝負が出来なくなる！　そんなの絶対に許さないぞ！　確かに君はケンカが強いさ！　僕よりはるかに強いさ！　でもそれがどうした！　たかが強いだけだろ！　強いだけでどうして一人で戦わなきゃならないんだ⁉　それが運命みたいに言うな！」

マンガだってジャンルごとに見合ったキャラクターがいるように、今この場の展開の流れからいえば、完全に翔太郎の出番だろう。本来なら伊織の出る幕などない。

でもだからこそ、伊織はこのマンガのような展開に従う気にはならなかった。ここで大人しく引き下がれば、『マンガの神様』に屈することになる気がしたからだ。

『マンガの神様』に憑《つ》かれているから、友達をマンガのような悲劇に巻き込むまいとした楪葉《ゆずりは》。

道場の家に生まれて鍛《きた》えてきたから、屈強な大男から伊織とほたるを庇《かば》おうとする翔太郎。

伊織の中では、翔太郎と楪葉が重なっていた。

ここで翔太郎を置いて逃げれば、マンガのためとはいえ傷つけてしまった楪葉のことを、さらに裏切ってしまう気がしたのだ。

だから伊織は立ち向かう。目の前のボスキャラに果敢に挑む。

「左右田《そうだ》、キミは……」

「心配するな。僕に考えがある。なにも腕力だけが戦う力じゃないさ」

伊織は『アニキ』に歩み寄る。

近づけばその迫力は増すばかりだ。ただ見上げているだけで背筋に冷汗が流れる。

今この場で繰《く》り出《だ》せる唯一無比《ゆいいつむひ》の手段、それを取り出すため、伊織はズボンのポケットに手を入れた。

「なんだ……？」

興味深《きょうみぶか》そうに眼《め》を細めた『アニキ』に向けて、伊織は右手を突き出す。

さあとくと見ろ。伊織は上体を直角に傾けて頭を下げると、大きく声を上げた。


「これで勘弁して下さい！」


伊織がその右手にしっかりと掴《つか》んでいたもの——それは財布だった。現金にして3万円在中のブツである。

これが伊織の戦う力。そう、金の力である。

またそれか……。舎弟のヤンキーたちは嘲笑《あざわら》うどころか呆《あき》れ果《は》てている。

「これで勘弁して下さい！」

もう一度叫ぶ。頭を下げたまま叫ぶ。だが返事はない。

返って来るのは重たい沈黙。漂《ただよ》ってくるのは白けた空気。

だがそれがどうした。たとえどんなに無様でも、カッコ悪くても、穏便《おんびん》に済ませられるのなら構《かま》わない。誰《だれ》も傷つかない方法はこれしか思いつかない。

「——どけ。邪魔《じゃま》だ」

しかし、今回も金の力は通用しなかった。伊織《いおり》に歩み寄った『アニキ』は、問答無用とばかりに大きな拳《こぶし》を振り上げてきたのである。

「危ないッ！」

『アニキ』の重いパンチが伊織に当たることはなかった。

咄嗟《とっさ》に翔太郎《しょうたろう》が伊織を抱きかかえるようにして跳《と》び込《こ》み、『アニキ』の攻撃《こうげき》をすんでのところで避けたのだ。そのまま二人は川の浅瀬部分に倒れ込む。

「左右田《そうだ》！　大丈夫やったか⁉」

「そ、それはこっちの台詞《せりふ》だ！　大丈夫なのか⁉」

翔太郎が庇《かば》ってくれたお蔭《かげ》で伊織は何ともなかったのだが、翔太郎の方は背中から川に落ちてしまい水びたしになってしまっている。

「ああ、ちょい濡《ぬ》れただけや。ケガはないし安心せえ」

「す、すまない……。結局また助けられてしまったな……」

その場に立ち上がると、翔太郎はため息をついた。

続けて「余計な手間をかけるな」と怒ってくるかと思ったのだが、キャップが外れ、濡れた前髪《まえがみ》の間から見える翔太郎の表情はというと、どこか嬉《うれ》しげで穏《おだ》やかなものであった。

「別に謝《あやま》らんでええよ。ボクを守ろうとしてやってくれたことやからな。キミ、案外ええやつやねんな。ありがと」

「しょ、勝負に支障が出たら困るからだよ！　別に君のためじゃない！」

「はいはい、分かった分か――」

突然翔太郎は、勢いよくしゃがみ込んだ。ズクズクのジャージに包まれた自分の身体《からだ》を両腕でギュッと抱きしめて、地面に固まっている。

「どうした⁉　まさかどこか痛めたのか⁉」

伊織の問いかけに答えず、翔太郎は身体を縮《ちぢ》めてその場に座り込んだままだ。

そこに『アニキ』が拳を鳴らしながら歩み寄る。翔太郎はそれでも動こうとしない。

「お、おい！　やめろ！　抵抗出来ない相手に手を出すつもりか！　卑怯《ひきょう》だぞ！」

伊織のそんな言葉に『アニキ』が耳を傾けることはなかった。

それどころか、チャンスとばかりに舎弟のヤンキーたちまで「ひゃっはーッ！」と翔太郎へ近寄って来たのだ。多勢に無勢である。

伊織の力では彼らを止めることなど出来ない。あっという間に翔太郎はヤンキー四人に囲まれてしまった。自分のせいでピンチに陥《おちい》ったことへの焦りも加わり、伊織《いおり》はオロオロするばかりだ。

と、その時——。

「あらあら。これは何の騒《さわ》ぎかしら？」

声のした方を見てみると、糸屑《いとくず》ほたるがきょとんとした表情で立っていた。

ずっとこの場にいたはずなのに、事態を飲み込めていない様子だ。

彼女は、遠くにいるカップルたちをオペラグラスで眺めて妄想《もうそう》の世界へトリップしており、つい今しがた現実世界に戻ってきたばかりなのである。

「っ⁉　……ねえ、翔太郎《しょうたろう》。それは何のプレイ？」

水びたしで屈強な男たちに囲まれている翔太郎の姿に気づいたほたるは、鼻息を荒げながら尋《たず》ねる。

「な、なにを言っているんですか、ほたる先生！　高良《こうら》がピンチなんですよ！」

「……ピンチ、ですって？　……え？　それってどういうこと？」

ほたるの顔がみるみるうちに歓喜の色に変わっていく。

「ちょっと、ちょっと！　あのガチムチたちは翔太郎の細い肢体《したい》をどうする気なの⁉　え？　え？　まさか……？　ああ、そんなの駄目だわッ！　激《はげ》しすぎるわッ！　もっと優《やさ》しく扱ってよぉおおおおッ！」

ほたるの叫び声が河原に響《ひび》き渡《わた》る。溢《あふ》れる妄想が次々に口から飛び出してくる。ただでさえ静まり返っていたところに、ほたるの甲高《かんだか》い叫び声である。その声が群衆に与える影響《えいきょう》は大きい。

「おい、あのヤンキーってもしかして、ホモなんじゃね？」

「そういうことか……。ケンカにしては相手の子が美少年すぎると思ったんだよなあ……」

野次馬たちの中で『アニキ』の存在が、ボスキャラからホモキャラへと塗り替えられていく。

当然ながらこの状況に我慢《がまん》ならないのが『アニキ』本人である。怒りのあまり全身に血管を浮き上がらせながら、彼はすぐ横にいる舎弟たちに命令した。

「お前ら、あのクソババアを黙らせせろ！」

大地を震わせるような怒声は、ざわざわと騒ぎ立てる野次馬を一発で黙らせる。

一時、辺りがシンと静まり返るが、

「――お前今、なんつった？」

その一言によって、静寂はすぐに打ち破られた。

それを発したのが、糸屑ほたるだと伊織が認識《にんしき》するのには、数秒を有した。

「………誰《だれ》がババアだって…………？」

何故《なぜ》なら、今まで聞いたこともないような、色でいうならどす黒い声だったからだ。

そして気づいた。しゃがみ込んでいる翔太郎《しょうたろう》の顔面が蒼白になっていることに。

「ア、アホ……！　言ってはならん台詞《せりふ》を……！」

さっぱり事態を飲み込めない『アニキ』が、翔太郎に向き直って何に怯《おび》えているのか尋《たず》ねようとした時だった。

「悪いことは言わんからはよ逃げろ！　殺されるぞ！」

翔太郎が『アニキ』に向かってそう叫ぶのと同時に、何かが高速で動くのを伊織《いおり》は目撃《もくげき》した。

獣《けもの》のように獰猛《どうもう》に、刃《やいば》のように無慈悲《むじひ》に、その黒い影は『アニキ』に襲《おそ》いかかる。

「……ッツ⁉」

次の瞬間《しゅんかん》、伊織たち一同は衝撃《しょうげき》の光景を目の当《ま》たり《あ》にすることになった。

なんと筋骨隆々《きんこつりゅうりゅう》の『アニキ』の巨体が、空高く打ち上げられたのだ。

玩具《おもちゃ》の人形のように宙を舞い上がり、やがて自然落下で地面まで落ちてくると、『アニキ』はもうぴくりとも動かなかった。

河川敷《かせんしき》で伊織たちギャラリーの注目を浴びるのは、一人の人物。いや、人物と呼称していいのか判断に迷う。

その野生の獣のように四つ足で地面に立ち、口を大きく開けて唸《うな》り声《ごえ》を上げているのは、

「ぼぉあぁぁぁぁぁぁぁぁぁぁッ！」

糸屑《いとくず》ほたるである。

「なんだこのオバサン⁉」

残されたヤンキーの一人のその発言をほたるは聞き逃さない。にゅるっと首を動かし、対象を捕捉《ほそく》するとそちらに向けて四つ足で這《は》いずる。

「ひぇぇぇぇぇぇぇぇッ！」

『獣』は、逃げるヤンキー三人を追いまわす。

「おい高良《こうら》！　ほたる先生はどうしたんだ！　あの様子は何事なんだ！」

伊織は座り込んだまま動かない翔太郎に駆け寄った。

「……暴走や。言うたやろ、ほたる先生に年齢《ねんれい》を揶揄《やゆ》するような発言は禁句やって。それが引き金でああなったんや」

信じがたい説明だったが、ほたるは今もまるで狼《おおかみ》のように「ぼぉあぁ！」と遠吠《とおぼ》えを上げながら河川敷の地面を這っている。

「左右田《そうだ》、キミかって人に腹立つことはあるやろ。そんで腹立った相手をぶん殴る妄想《もうそう》とかかてしたことあるやろ。ほたる先生もそうや。ほたる先生は担当の編集とかにムカついた時、いつも相手をボコボコにする妄想をしてはった」

妄想《もうそう》。それはすなわちイメージ。そしてイメージトレーニングの重要性は、スポーツ界においても強く認識《にんしき》されている。単純な筋力トレーニングにおいても、どの部位を鍛《きた》えているのか具体的にイメージしながら体を動かした時、そうでない時と比べトレーニングの質が向上するとされている。

「ほたる先生の妄想力は人並み外れとる。その人並み外れた妄想力により、先生の肉体は実際にはトレーニングしてへんのに鍛えられた。妄想が肉体を変化させたんや」

ほたるが逃げ回る残りのヤンキーたちを四つ足で追いかけている姿を見ると、妄想による肉体変化と、今まさに起こっている暴走状態を信じるしかない気がした。

何はともあれ『アニキ』は倒されたし、舎弟のヤンキーたちも蹂躙《じゅうりん》されるだろう。

翔太郎《しょうたろう》の危機は去ったようだ。

「……高良《こうら》、ケガの方は大丈夫なのか？」

伊織《いおり》は状態を確かめるために、じっくりと翔太郎の身体《からだ》を眺め出した。

「ッ!?」

するとどうしたことか、翔太郎は急に立ち上がって、伊織から逃げるように一目散に駆け出したのだ。

「お、おい！　どうしたんだよ!?」

翔太郎は周囲の人々を掻《か》き分《わ》け、走り去っていってしまった。

伊織は暫《しば》し、呆然とそれを見送る。

◆

河原の方でそんな悶着《もんちゃく》が行われている頃《ころ》。

浴衣《ゆかた》姿の楪葉《ゆずりは》はというと。

「むぅ……。最悪です……」

迷子になっていた。

ついさっきまで楪葉は、漫研《まんけん》の皆と夏祭りの出店を巡っていた。

彼女にとって、それはそれはとても楽しい至福の時間だった。

伊織が来なかったのは残念だが、友達と一緒に夏祭りを過ごすなんて、父が亡くなり『マンガの神様』を恐れるようになってからは、初めてのことだったのである。

だから、わた菓子やリンゴ飴《あめ》といったベタな食べ物も、射的や金魚すくいといったベタな遊びも、そのどれもこれもが楪葉にとっては新鮮なものだった。

やがて花火の時間が近づいてくると、人の波の流れが強くなってきたので、萌黄《もえぎ》がはぐれないようにと、楪葉の手を握ってくれた。

しかし「ゆずちゃん、手を離しちゃダメだからね」と萌黄に言われ、「むぅ。子どもじゃないんですから」とちょっと油断した瞬間《しゅんかん》に、怒涛《どとう》の勢いで押し寄せてきた群衆によって、あっと言う間に皆と分断されてしまったのだ。

その人々の多くは、河原の方に怪物が現れたとかマンガのようなことを言っている。

見渡す限り、人、人、人――。

厚い人の壁《かべ》によって遮《さえぎ》られ、楪葉《ゆずりは》は萌黄《もえぎ》たち漫研《まんけん》の皆を見つけることが出来ない。

さらに都合が悪いことに、どこかで携帯電話を落としてしまったようで、彼女たちに連絡も取れないのだ。

「……うぅ……」

楪葉は、人ごみの中を一人で歩く不安感と、慣れない浴衣《ゆかた》のせいで気分が悪くなってきた。

導かれるように、人気のなさそうな方を目指して歩いていく。

暗がりの細い通りに石畳《いしだたみ》が見え、楪葉はふらふらとそこに上って行った。

◆

伊織《いおり》は、河川敷《かせんしき》のヤンキーたちをほたるに任せ、逃げ出した翔太郎《しようたろう》を追いかけていた。何《な》故《ぜ》逃げ出したのかは分からないが、ケガの状態が心配だ。

川に落ちた翔太郎が滴《したた》り落《お》としていった水の痕《あと》を辿《たど》れば、追跡は簡単《かんたん》だった。

場所を見定め、石畳の階段を駆け上がる。

そうやって伊織が辿り着いたのは、小さな神社だった。

打ち捨てられた廃墟のような雰囲気で、ここには人っ子ひとりいない。逢引《あいびき》のベストスポットではないか。

一見、翔太郎の姿も見当たらないが――、

「おーい、高良《こうら》！　高良翔太郎！　いるんだろ！」

伊織の呼びかけに反応するようにして、小さな社《やしろ》の横から草の揺れる音がしたので、そっちに注目してみる。

すると、草むらの中に、翔太郎の頭が覗《のぞ》いているのが見えた。

「左右田《そうだ》……!?　お、追いかけてきたんか!?」

「ああ。……ケガは大丈夫なのか？」

「ケ、ケガなんてしてへんわ！」

木の枝に、翔太郎のジャージと、その下に着ていたシャツが引っかかっている。どうやら水びたしになってしまった服をここで乾かしているようだ。

伊織は、自分のカバンから取り出した汗拭《あせふ》き用《よう》のタオルを渡そうと、翔太郎に近づく。荷物も全部置いていったので、濡《ぬ》れた頭を拭くものも持っていないと思ったからだ。

「ア、アホ！　こっちくんな！　ほんまにケガなんてしてへんし、放っとけや！」

「何言ってるんだ、髪《かみ》だってズクズクじゃないか。君に風邪《かぜ》でも引かれたら、『ライン』の勝負に支障が出るだろ？　こいつで拭いとけよ」

「いらんわボケ！　はよどっか行けや！」

「大丈夫だよ、今日《きょう》はまだ一度も使ってないタオルだし。遠慮もいらないって。僕のせいで濡《ぬ》れてしまったんだし、そのくらいさせろよ。アシスタントでも、君には世話になりっぱなしだしな。ほたる先生の毒牙《どくが》からも、何度も庇《かば》ってもらったことがある。まあ、そのなんだ……。この天才からの施《ほどこ》しだ、有難《ありがた》く受け取っておくんだな……」

照れ隠しな言い方をしながら、伊織《いおり》は翔太郎《しょうたろう》に近づく。

「や、やめ――」

草木を掻《か》き分《わ》けると、翔太郎の全身が現れた。

「………？」

いや、違う。

そこにいたのは翔太郎ではなかった。

翔太郎だけど、翔太郎じゃなかった。

「……は？　……え？　……は？」

我が目を疑う。

「お、おい……。うそ……だろ……」

これはさすがに驚《おどろ》いた。

もうよっぽどのことでも動揺しないつもりでいたが、これは卑怯《ひきょう》ってもんだ。

『マンガの神様』が存在するとしたら、そいつは本当に何を考えているのか。

伊織の目の前にいる人物は、肘《ひじ》を曲げてギュッと身体《からだ》を縮《ちぢ》めている。

その腕の隙間《すきま》から覗《のぞ》いている白い柔らかそうなふくらみ。


――女性特有のふくらみ。


「は、はよ、向こう見ろや！　アホ！」

そう言いながら胸元を必死に隠しながらしゃがみ込む。

(ああ、そう来ましたか……)


――『実は女の子』。


ベッタベタで嫌になってくる。マンガのような強さといい、こいつ自身『マンガの神様』に憑《つ》かれているのかと疑ってしまうじゃないか。

「い、一応確認するが……。君、『高良《こうら》翔太郎』だよな……？」

「ぐすっ……。なんやねん……。悪いんか……」

『彼女』は『隠し事』を見られてベソをかいてしまっている。さっき水に濡れた途端、動けなくなった理由が分かった。服が透けてバレるかもしれなかったからだ。それに、常にジャージを羽織《はお》っていたのは、なるべく身体《からだ》のラインを見せないためだったのだ。

「と、とりあえずこれ着ろよ！」

伊織《いおり》は顔を背《そむ》けながら、Tシャツの上に着ていた襟付《えりつ》きシャツを脱いで突き出した。

『翔太郎《しょうたろう》だった少女』は、伊織からそれを奪い取るようにして掴《つか》んで、自分の身体を包んだ。

今まではサラシで隠していたのだろう大きな胸の谷間が、それでもまだ衣服の隙間《すきま》からチラリと見えているので、伊織は視線をなるべく向こうにする。

「……どうせ、キモイ思ってるんやろ」

ぽつりと伊織に言う。しおらしい女の子を感じさせる声だった。

「なにがだよ」

「女のくせに、男のフリしてって……」

「……別に」

伊織はむしろ、このことを嬉《うれ》しく思ってしまっていた。

ツイスターゲームで密着して、ドキッとした時のことを思い出す。

(良かった……。僕はホモじゃなかったんだ……)

ハッとして伊織は咳払《せきばら》いを入れた。

さっきから『少女』は涙を瞳《ひとみ》に溜《た》め、ぐすぐすと洟《はな》をすすっているからだ。

何とも衝撃《しょうげき》である。あんなにも強く勇ましく見えていた少年が、今はか弱い女の子へと変《へん》貌《ぼう》しているのだ。

それに、濡《ぬ》れた髪《かみ》と重なって、妙に色っぽく見える。

元々、キレイな顔立ちだったのだ。今そこにいるのはただの美少女である。

「……なあ、良ければ聞かせてくれないか。どうしてそうなったのか。よっぽどの事情があるんだろうけど」

しばらくグズっていたが、彼女は少し落ち着いてきたようだった。

伏し目がちにゆっくりと語り出す。

「……『翔太郎《しょうたろう》』はペンネームや。ホンマは、ボク『翔子《しょうこ》』っていうねん」

安直だなと、伊織《いおり》は思った。

翔太郎改め──翔子は続ける。

「前に言ったよな、ボクは道場の跡取りやって。……ボクのオカンは、ボクが生まれてすぐに亡くなってん。子どもはボクしかおらんかったし、親父は不器用な人でな、オカン以外の人とは一緒にならんって決めてるから、他に世継ぎが生まれることはなかった。せやから、親父はボクを道場の跡取りにするために、ボクを男の子として育ててきてん」

マンガかよ！　という突っ込みは野暮《やぼ》というものだろう。

「ボクは男の格好をさせられ、他の男の門下生たちと同じように扱われ、育てられてきた。本当はお人形ごっことかにも憧《あこが》れてたけど、そんなんあの厳《きび》しい親父が許してくれるわけもない。親父はボクが男でいることを望んだし、現にボクが男の子たちと、男の子の遊びをしてるのを見たら、親父は喜んでくれたわ。そんな親父のために、何とかボクは必死で『翔子』であることを捨てようとした。自分は『翔太郎』という男なんやって思い込もうと努力した」

伊織は、切なげな表情の翔子の語りを、黙って聞き入る。

「けど、ボクの中の『翔子』が好きになるのは、いつも男の子やった。その気持ちを打ち明けることなんて、誰《だれ》にも出来るわけがない。ボクは『翔太郎』なんやからな。何とかその気持ちを心の奥底に封印するために、ボクは武術の修行に明け暮れていった」

そこで伊織は、ほたるの言葉を思い出した。

『――翔太郎はね、『家』と『父親』のせいで『恋愛』をすることが絶対に出来なかったの――』

この少女は、父親によって『女』でありながら『男』であることを強いられ、『恋愛』をすることが絶対に叶《かな》わなかったのだ。

「ボクは自分を押し殺して日々を生きていて、いつしか武術の修行を続けることに疑問を持つようになっていった。これも前に言ったよな？　親父に決められた『道』を行くことが嫌になってきたんや。そんな時にボクはマンガと出会った。男友達と遊ぶ中でマンガを読むようになって、バトルマンガの真似事を一緒にしたりしたもんや。最初は遊びで友達とマンガを描いてたんやけど、いつからか一人で本格的に作品を描くようになった。自分の『妄想《もうそう》』をそこに込めることが楽しかったんや。そうやって、自分に出来ないことをマンガの登場人物にさせることに夢中になった。そして4年前、ボクは運命的な出会いをした」

尊敬する人物のことを思い出し、翔子《しょうこ》は微笑《ほほえ》む。

「そう。大阪に来てはった、糸屑《いとくず》ほたる先生とたまたま知り合いになってん。びっくりしたわ。初めて会った時、あの人、一発でボクが女やって見抜いてきたんやからな」

当時、ほたるは『イマジネーション』を得るために大阪の街《まち》を練り歩いており、偶然すれ違った翔子に声を掛けた。彼女はこう言ってきたそうだ。「あなた、どうして男の子の格好をしているの？」と。

「話してみたら、ボクの抱えている悩みもすぐに理解してくれはった。マンガを描いてることも言った。そしたら、先生はボクに『高良翔太郎《こうらしょうたろう》』として恋を成就させる方法を導いてくれた。それは、自分の憧《あこが》れる恋愛を原稿《げんこう》にぶつけることやった。マンガのキャラたちに恋愛をさせることやった。そうやって出来上がったのが【UTSUSEMI《うつせみ》】の第1話やった。先生の勧めでネットに上げてみたら、みんなに自分の『妄想《もうそう》』を認めてもらえた。『翔太郎』として恋が成就したんや。そのことでボクは完全に『翔子』を捨てることが出来たってわけや」

彼女は『妄想』によって救われている。そのことで面白いマンガを描けている。

今なら理解出来る。伊織《いおり》を圧倒し、日芽《ひめ》をはじめとした多くの人を虜《とりこ》にした【UTSUSEMI《うつせみ》】の魅力《みりょく》の秘密が。

あのマンガは『高良翔子』の叫びだった。現実に抑圧された彼女の『感情』そのものが、あのマンガには込められていた。

だからこそ見る者の『感情』を揺さぶったのだ。

伊織は改めて気づく。これまで一緒に過ごしてきた高良翔太郎と、目の前の少女の印象が大きく異なっているのは、いわば当然のことなのだ。

西の高校生漫画家《こうこうせいまんがか》にして、古武術の道場の継承者。それは一人の少女が自分を押し殺して作り上げた『高良翔太郎』という仮面。

高良翔子は、現実の世界の中でずっとその仮面《キャラクター》をかぶり続けてきた。

彼女が自分でいることが出来るのは、自《みずか》らが思い描く妄想の中、恋愛マンガの中だけ。

そして、そうだとすれば、高良翔子は今回の伊織との恋愛マンガ勝負に、自分の居場所をかけて挑んでいるといってもいいのかもしれない。

伊織は、そんな翔子に対して、かけるべき言葉を思いつかなかった。

抱えるのは、あまりに大きく重い——。

「……言っとくけど、左右田《そうだ》。変な同情はするなよ。勝負は勝負。気を遣って手加減されるんだけは、絶対に許さんからな」

伊織の苦しげな表情を見た翔子が、叱《しか》りつけるような目で睨《にら》み付《つ》けてくる。

彼女の視線を受け、伊織は自分の愚《おろ》かさを悟った。

高良翔子《こうらしょうこ》の辛《つら》い境遇を知ったからといって、もともと伊織《いおり》が彼女のために出来ることなんて、一つしかないのだ。

——全力でマンガを描くこと。

伊織に出来るのはいつだってそれだけなのだ。

面白いマンガを描いて、彼女の本気に全力でぶつかってやることだけだ。

「……もちろんだ、高良。君がたとえ女の子だろうと、どんな辛い過去を持っていようと、僕は全力で戦う。全力でマンガを描く」

伊織のその答えを聞いた翔子は、ニッと嬉《うれ》しそうに笑う。

「ええやんか。それでこそボクのライバルや」

翔子は伊織の真剣な眼差《まなざ》しを見た時、これまでのアシスタント生活を通じて、競争相手であるはずの彼に不思議と好感を抱いてしまった理由を改めて悟った。

伊織は自分の父親に似ているのだ。

愚直《ぐちょく》に武道に精進する父と、マンガに真摯《しんし》に取り組む伊織。彼ら二人に共通する自分の信じた道を真《ま》っ直《す》ぐに歩いていく姿が、翔子には眩《まぶ》しく映るのだ。

「…………」

河原での一幕を思い出す。屈強な男から自分を守ろうとした伊織の背中。周囲の人々からすれば頼りないものだっただろうが、翔子の目には特別なものに映っていた。

だから翔子は思う。伊織が勝負の相手で良かったと。

この男にならば、自分の全《すべ》てを賭《か》けて挑んでいいと。

ほたるにも打ち明けていないことだが、翔子は今回の読みきり対決に負けるようなら、漫画《まんが》家《か》になる夢を諦《あきら》めるつもりだった。

『恋愛マンガ』という自分にとって特別なジャンルで、自分の妄想《もうそう》の全てをぶつける。もしその理想で敗北すれば、それは翔子が『ライン』に受け入れられなかったということ。

今回の連載を賭《か》けた対決は、翔子にとって己《おのれ》の漫画家人生を賭けた勝負。その相手として伊織以上の男はいない。この男に自分の妄想が勝てたのなら、きっと父にも漫画家として自信をもって向き合える。

来る対決への決意を新たにする翔子。

そんな彼女の瞳《ひとみ》を伊織は真っ直ぐに見つめる。

「ああ。正体を知ろうが、僕は君を女とは思わないことにするよ。今後もあくまで倒すべきライバルとして君を見る」

「ふっ。上等や」

伊織の目の前にあるのは、ついさっきまで見せていた弱弱しい少女の顔ではない。

西の高校生漫画家・高良翔太郎《しょうたろう》としての勇ましい少年の顔であった。

「……さて、そろそろ一度、ほたる先生のところに戻ろうか」

「せやな。ほたる先生の逆鱗《げきりん》に触れてしまった、あいつらの方が逆に心配やしな」

二人は笑みを浮かべて頷《うなず》き合《あ》い、その場から動こうとした。

しかし、
暗がりだったから、よく足元が見えていなかったのだろう。

翔子《しょうこ》が木の根に足を引っ掛け、躓《つまず》いてしまったのだ。

「ひゃあ！」

女の子みたいな——いや、女の子の悲鳴だった。

「危ない！」

転倒しそうになったので、咄嗟《とっさ》に伊織《いおり》は身を差し出す。

そのまま翔子の身体《からだ》を抱きしめた状態で、草むらから転げ出てしまう。

翔子の体重を支えながら地面に倒れたことで、嫌でも豊満な胸が押し付けられてくる。

（な、なんだこの感触は！　で、でかい！）

この少女、萌黄《もえぎ》と同等クラスのモノを持っているようだ。こんなもの、よく今まで隠してこられたものだ。ツイスターゲームであれだけ接近した時も気づけなかった。

さっき女として見ないと宣言したばかりなのに、こんなものまざまざと突きつけられれば、ドキドキしないはずがないじゃないか。

それに改めて間近で見ると、めちゃくちゃ可愛《かわい》いし。

「──なにやってるんですか」

頭上から声がして、ふと顔を見上げてみる。

「……え？」

──楪葉《ゆずりは》がゴミを見る目で伊織のことを見下ろしていた。


「ゆ、楪葉ぁ!?」

楪葉は、萌黄たちとはぐれたあと、人ごみを逃れるためにこの場所に『偶然』やってきた。

そこでちょうど伊織のラッキースケベに『偶然』出くわしたわけだ。

抱き合いながら地面に倒れる伊織と翔子を、楪葉は負のオーラを放ちながら眺める。

「なるほど……。私と部長さんのお誘いは断っておいて、人気のないこんな場所で、その可愛い子と乳繰《ちちく》り合《あ》ってたんですか……。フーン……」

その口調と視線には失望やらなんやらもう色々込められている。もしも刃物を手に持っていたらそのまま振り下ろされそうだ。

「バ、バカ！　違う！　よく見ろ！　こいつは高良《こうら》翔太《しょうた》郎《ろう》だ！」

「……それ、余計ヤバくないですか……。そっちの趣味だったんですか……」

「ああいやいや！　だ、だから、こいつは高良《こうら》翔太郎《しょうたろう》なんだけど、実は女の子であってだなあ！　ほらよく見ろ！」

伊織《いおり》は覆《おお》いかぶさったまま、翔子《しょうこ》の胸を強調するように指差す。

みるみるうちに彼女の顔が真っ赤になっていく。

「い、いつまでくっついてんねん！　アホ！」

「ガハッ⁉」

テンプレどおり伊織はぶん殴られるが、翔子のパンチは他とは一味違うので大きく吹っ飛ばされるのだった。


その後、伊織はことの顚末《てんまつ》を楪葉《ゆずりは》に全《すべ》て打ち明けた。

「……むぅ。つまり、糸屑《いとくず》ほたる先生のアドバイスで女の子との接触を避けていた、と？」

高良翔太郎こと、翔子と一緒にアシスタントをしていたことなども含めて、全部を話した。

誤解を解く方法はもはやそれしかなかったのである。

「ま、まあ、そういうわけやし、あんま責めんといてやってくれや……」

翔子が気まずそうに口を挟む。彼女は乾いた自分のシャツを今は着ている。

楪葉はため息をついたあと、ジト目で伊織を見つめる。

「……部長さんにも謝《あやま》って下さいね」

「わ、分かってるよ。元々、全てが終わったら白状するつもりだったし」

伊織はいつになく殊勝な態度で謝っている。深い反省の念を感じ取れたので、楪葉は少しずつ表情を柔らかくさせていく。

「はぁ……。もういいですよ。あの糸屑ほたる先生の言い付けとなれば仕方ないでしょう。今までの非礼は許すことにします」

「本当か⁉　す、すまない……」

「でも、その代わり、お願いがあります」

楪葉は頬《ほお》を染めながら言う。

「……今日《きょう》は一緒にいて下さい」

「⁉」

伊織は咄嗟《とっさ》に目を逸《そ》らした。

「漫研《まんけん》のみんなと、部長さんたちと一緒に……。そ、その……。私と花火を見て下さい」

口を閉ざし、伊織は俯《うつむ》く。

――これ以上、ほたるとの約束を破ることは出来ない。

本来なら『接触を禁じられていること』を『女の子に話すこと』すらしてはいけない約束だったのだ。だからこそ『フラストレーション』を溜《た》められるし、より一層『イマジネーション』を高められるのだと、ほたるに助言されていたのである。

正にそのとおりで、楪《ゆずりは》葉や萌黄《もえぎ》を執拗《しつよう》に避けている真意を伝えられず、伊織《いおり》はもどかしい思いをこの数日ずっとしてきた。

そして、そのことで以前までには出てこなかった『妄想《もうそう》』を生み出せたのは事実。

「ダメ……ですか……？」

楪葉は、黙ってしまった伊織の顔を下から覗《のぞ》き込《こ》み、上目づかいで見つめる。

「……!?」

伊織はその表情を見て驚《おどろ》く。

え!?　なにこいつ、めっちゃ可愛《かわい》いぞ！

こいつこんな可愛かったっけ!?

浴衣《ゆかた》姿の相乗効果もあるだろうが、それ以上に、女の子との接触を断たれた反動が一気に押し寄せてきたのだろう。

——楪葉のことが可愛くて仕方なくなってきた。

ああ、もう我慢《がまん》の限界だ……。

「……わ、分かったよ。今日《きょう》一日だけだぞ……」

だから伊織は、とうとう屈してしま――、

「――ダメよ。伊織」


その声を聞いた瞬間《しゅんかん》、伊織は世界の終わりが来たかと思ってしまった。

身体《からだ》を震わせながら、ゆっくりと首をそっちに向ける。

歩きづらそうな巨大なスカート。

一度見たら忘れられない金髪縦《きんぱつたて》ロール。

「ほ、ほたる先生ッ⁉」

寂れた神社に現れたド派手なその人物は、漫画家《まんがか》・糸屑《いとくず》ほたるである。

先ほどの暴走が嘘《うそ》のような落ち着いた表情と物腰で、彼女はこちらにゆっくりと歩み寄って来るのだ。

「え⁉　あなたがあの糸屑ほたる先生なんですか……⁉　は、初めまして。いつも作品楽しく読ませていただいています……！」

棵葉は、人気アイドルを見たファンの女の子のようにテンションを上げている。

初めてほたるに会うはずだが、その異常な見た目に対しては驚《おどろ》いていなかった。『マンガの神様』のせいでこういうおかしな人に会うのが慣れているというよりも、大好きな作品の作者と対面出来たことが嬉《うれ》しくてそっちの感情が先行しているようだ。

感激《かんげき》のあまり伊織《いおり》を押しのけるようにしてズッと前に出て、楪葉《ゆずりは》はぺこりと頭を下げる。

しかし、ほたるはそんな楪葉には目もくれず、伊織の方に近づく。

「……せ、先生、ご無事だったんですね」

「まったくもう、二人とも、私を置いて逃げるなんて酷《ひど》いじゃないの。あんなガチムチたちのところに一人残されて、すっごく怖かったんだから」

どの口が言うんだよと、伊織は河原での無双っぷりを思い出して、冷や汗を拭《ぬぐ》う。

「そんなことより、伊織。その子に全《すべ》て話してしまったようね」

どうやらほたるは、少し前から石畳《いしだたみ》の階段のところで会話を聞いていたようである。

伊織は後ろめたい表情で目を逸《そ》らした。

「すみません……。しかし、こいつにこれ以上心配させたくなかったんです……」

「そのことはもういいわ。もう済んでしまったことだし。けど、今、その子と遊ぼうとしていたわよね。この私との約束をさらに破るつもりなのかしら？」

ほたるからの冷え切った視線を受け、伊織は口をつぐむ。まるで犯罪行為を警察《けいさつ》に追及されているような気分だ。

「伊織、答えなさい」

「……こいつに迷惑をかけた償《つぐな》いです。この数日、ずっと傷つけてきたこいつに……」

深い後悔のこもった言葉だった。

「伊織くん……」

伊織は冷たく当たりながらも、楪葉のことを思ってくれていた。そのことを感じ取れて、楪葉の心はちょっと救われたし、少し目を潤《うる》ませた。

「ダメよ。それではあなたの『イマジネーション』が減退してしまう」

「……今日《きょう》一日だけです。明日《あした》からは勝負の原稿《げんこう》が出来るまでは我慢《がまん》します」

「ダメよ」

「……くっ」

「ほたる先生。左右田《そうだ》は今まで十分やってきました。今日一日くらいやったらええんとちゃうんですか？」

意外にも翔子《しょうこ》が助け舟を出す。ほたるに肩入れするとばかり思ったが、この数日一番近くで伊織の頑張りを見てきた彼女は、思わず不憫《ふびん》になってしまったのだろう。

「いいえ。伊織のことを思ってこそよ。ここで女の子と楽しく過ごせば、折角今まで溜《た》めてきた『フラストレーション』が全て無駄になってしまうもの」

「そんな！　もう十分じゃないんですか⁉　さっき河原で十分溜めることが出来ました！」

伊織は、段々理不尽なことを言われているように感じて、激昂《げきこう》してしまう。

「今の僕なら、十分面白い恋愛マンガを描けます！　どうしてそんな――」

「ダメなのよ。かつての私がそうだったから」

「……え？」

ほたるの表情は真顔だったが、声色からは、どこか動揺を隠そうと無理に振る舞っているように感じられた。

「……私はね。人生でたった一度だけ、本気で一人の男性を好きになったことがあるの。その途端、私は面白い恋愛マンガを生み出せなくなった。『幻想』や『妄想《もうそう》』が浮かばなくなってしまったのよ。だから、その人の許《もと》から離れるために、大阪へ引っ越したこともあったわ」

初めてほたるの家に訪れた時、翔子《しょうこ》――翔太郎《しょうたろう》は言っていた。

ほたるはマンガがスランプになった時に大阪へ来ていたのだと――。

「男女のお付き合いをしていたわけでもないの。だけど、その大好きな人の近くにいるだけで、私の気持ちは満たされてしまっていた。連絡を断ち、遠くに離れ、その人への執着を捨てることで、ようやく私は以前のようにマンガを描けるようになった」

――これが理由だったのだ。

「あなたもここで女の子に近づけば、女の子と楽しく過ごせば、きっと満たされてしまう。そうなればあなたは『イマジネーション』をなくしてしまう。良き『妄想』が出来なくなってしまう。どう？　今、さっきまでの閃《ひらめ》きはあるの？」

「……あ」

河原でカップルを眺めていた時にはあった素晴らしい発想が、今は頭にやってこない。

楪葉《ゆずりは》に白状したことによって、気持ちにスカッとした部分があったからかもしれない。

「……くそ……」

ほたるの言う通りだ。『イマジネーション』を失いつつある片鱗《へんりん》がある。

「……まあいいわ。そんなに女の子と遊びたければ遊ぶがいいわよ。お好きにしなさい。けど、何の犠牲《ぎせい》もなしに結果が得られるとでもお思い？」

ほたるが伊織《いおり》を見る目は、心を射抜くように鋭い。

「選ぶのはあなたよ。その子と遊ぶのか。それともマンガを描くのか」

伊織は楪葉を見る。

彼女は不安そうにこちらを見ていた。

——ずっと傷つけてきた彼女をまた見捨てていいのか？

今度は翔子を見る。

彼女は険《けわ》しい表情でこちらを見ていた。

——全力で戦うと約束した彼女の気持ちを無下《むげ》にしていいのか？

「僕は……。僕は……」

さらにもう一度、ほたるの方を見る。

ほたるの目に悪意は感じられなかった。その瞳《ひとみ》の中に燃えるのは、恋愛漫画家《れんあいまんがか》としての彼女の強い信念のみ。

ほたるが伊織《いおり》に楪葉《ゆずりは》たちとの交流を避けろと命じたのは、決して嫌がらせなどではなかった。現実での恋愛から徹底的に距離を置くことで、恋愛に対する妄想《もうそう》を高めて恋愛マンガを描く。自《みずか》らで実践してきた創作手法を、ほたるは惜しげもなく伊織に伝えてくれたのだ。

『妄想』によりマンガを描く。確かに楪葉や萌黄《もえぎ》との接触を断ったことで、伊織の中では恋愛に対する異常なまでの『妄想』が募《つの》っている。このまま彼女たちと遊んだりせずにいれば、以前とは一味も二味も違った恋愛マンガを作れそうだ。

『恋愛』ではなく『恋愛マンガ』を描く。『現実』ではなく『妄想』を取る。

考えてみればそれはつまり、マンガ創作に専念するということ。

マンガだけに己《おのれ》の全《すべ》てを捧げるということ。

家出同然で親元を離れた翔子《しょうこ》――高良《こうら》翔太郎《しょうたろう》は、すでにそれを実践している。

『現実』と『妄想』。どちらにも手を伸ばした中途半端な状態では、翔太郎には勝てないのかもしれない。二兎《にと》を追う者は一兎も得られない。

そうだとしたら翔太郎に勝つためには、ほたるの言うように妄想漬けの日々に、マンガ創作に専念することが必要なのか。

何かを犠牲《ぎせい》にしてでも。たとえ誰《だれ》かを傷つけることになったとしても。

伊織の脳裏を、少女たちの悲しげな顔がよぎる。

辛《つら》そうに表情を曇《くも》らせた萌黄のことが――。

傷つけてしまった楪葉のことが――。


「――伊織くん」


思考の渦《うず》に飲み込まれそうになっていた伊織の耳に、楪葉の声が届いた。

その穏《おだ》やかな声に導かれるようにして、伊織は楪葉のほうに顔を向ける。

楪葉と目が合う。

その瞳はつい先ほどまでの等身大の少女のものではない。夜の終わりを告げる朝日のように、たしかな光を抱いたその瞳は、伊織が尊敬してやまない偉大な漫画家・杜若王子郎《もりわかおうじろう》のもの。

「私のことは気にしないで下さい。お祭りは来年もあります。花火は来年も見られます。部長さんには、私からそれとなく伝えておきます。あなたが私たちに冷たくしなければならなかった理由があることを。――ただ、ひとつだけ言わせて下さい」
――杜若王子郎《もりわかおうじろう》は言う。
漫画家《まんがか》として、漫画家の左右田伊織《そうだいおり》に問う。
「伊織くんは、何のためにマンガを描いているんですか」
その言葉は、伊織の胸を打った。
――何のためにマンガを描く……？
誰《だれ》かに勝つためか。
違う。
金のためか。名誉のためか。
違う。
違う。
そうではない。そんなことのためではない。
左右田伊織がマンガを描く理由は、たった一つ。

たった一つのシンプルなものだ。そのシンプルなもののためだ。

（『現実』を取るか『妄想《もうそう》』を取るかだって？）

こんなもの、悩むような問題ではなかった。

漫画家・糸屑《いとくず》ほたるの問いかけに対して、漫画家・左右田伊織が出す答えは最初から決まっていたのだ。

伊織は首から提《さ》げた御守《おまも》りを——萌黄《もえぎ》から受け取った想《おも》いを、ぎゅっと握りしめた。

「……ほたる先生。『答え』ならすでに僕の中にあります」

「あら、ではその『答え』を教えてもらえるのかしら？　さあ、どっちを選ぶの？　女の子を選ぶのか。マンガを選ぶのか。……さあ、答えなさいな！」

ほたるからの挑戦的な視線を受けても、伊織はもう怯《ひる》まない。

伊織は言う。自信を持って言う。

「僕はマンガを描きます」

第五章　恋愛マンガの描き方

『週刊少年ライン』の編集部の小会議室《しょうかいぎしつ》を、重苦しい空気が包んでいた。その原因は、只《ただ》ならぬ深刻な表情で椅子《いす》に座っている二人の若者によって発せられるものだった。

左右田《そうだ》伊織《いおり》と、高良《こうら》翔太郎《しょうたろう》。

東の高校生漫画家《こうこうせいまんがか》と、西の高校生漫画家。

二人の高校生漫画家は、この日のために身を削ってきた。この瞬間《しゅんかん》のために汗と涙を流してきた。

伊織はテーブル越しの『少年』に視線を送る。

いつものキャップとジャージを身に着け、伊織の目の前に座るそのライバルは『翔太郎』に戻っていた。あの祭りの夜に見せた女の子としての素顔が嘘《うそ》のようだ。戦いに赴く漢《おとこ》としての表情だった。

視線に気づいた翔太郎はキッと伊織を睨《にら》み返《かえ》す。

それは、倒すべき敵を捉《とら》える好戦的な瞳《ひとみ》。

今はもうアシスタントの仲間などではないのだ。

己《おのれ》の信念とプライドを賭《か》けた戦いの相手。

「――さて、二人とも。早速ではあるが、結果発表をさせてもらおう」

テーブルの上座から勅使河原《てしがわら》編集長が順に二人を見る。伊織と翔太郎が会議室《ここ》で初めて出会った時と同じシチュエーションである。

先週、ついに二人の新作読みきりが『ライン』本誌に掲載《けいさい》された。

2本の新作『恋愛マンガ』である。

サングラスを光らせながら、傍《かたわら》に置く見本誌を勅使河原はパラパラとめくる。そうやって二人の作品のページを見返しながら、その内容を思い出して頬《ほお》を緩《ゆる》めている。

「うむ。はっきりいって、どちらも申し分ない出来だった。とても素晴らしい作品だったよ。私の口からは、どちらが上とは言《い》い難《がた》い。端《はな》から読者に委《ゆだ》ねるかたちで正解だったようだ」

そう言いながら、勅使河原はもう片方の手でタブレット端末を操作《そうさ》している。

既《すで》にアンケートの集計は終わっている。

そう、そこに今回の『結果』が記されているのである。

二人の運命を決める重大な『結果』が。

「【キラメキ都市《とし》の閃光《きせき》】と【桜《さくら》ダイヤモンド】。どちらも素晴らしい恋愛マンガだった。初めて読んだ時、とても気持ちが昂《たか》ぶったよ。編集者である前に、読者として楽しませてもらえた」

勅使河原《てしがわら》はそれぞれの作品の総評を語る。
・【キラメキ都市《とし》の閃光《きせき》】
・【桜《さくら》ダイヤモンド】
それが二人の作品のタイトル。

今自分たちが表現出来る精一杯を込めた自分の子どもの名前。

勅使河原は、それぞれのストーリーのポイント、キャラクターの魅力《みりょく》、2本を形成する様々な要素をかいつまんで語っていく。

彼らが描いたこの2作品は、全《まった》くの別作品といっていい。全く違う個性のキャラクターたちが、趣向の違う恋愛模様を紡《つむ》いでいる。

共通するのは、どちらもが高水準の恋愛物語《ストーリー》だったということだ。

勅使河原は、それらの生みの親たちが、さっきから覇気《はき》を込めた視線でこっちを見ていることに気づいた。

「——と、勿体《もったい》ぶってもしょうがないかな。私が何を言おうと、結果は変わらないのだからね。では、発表することによう」

アンケート項目『面白かった作品名を記入して下さい』により多く数があったもの。
それが今回の戦いの勝者だ。
1票でも数値を上回った者が勝者だ。
勅使河原は静かに告げる――。

・【キラメキ都市の閃光《きせき》】――10083票。
・【桜《さくら》ダイヤモンド】――10097票。

途端、二人の息を呑《の》む音が会議室《かいぎしつ》内に聞こえた。
なんということだろう。
本当に僅差《きんさ》だった。
どれほど熾烈《しれつ》な戦いだったかがよく分かる。
しかし、揺るぎのない『結果』がここに出たのだ。

――勝者は【桜《さくら》ダイヤモンド】。

――作：左右田《そうだ》伊織《いおり》。

シン――とする。

永遠にも思える時間だった。

「ボクが……負けた」

沈黙を破ったのは、放心した表情の翔太郎《しょうたろう》のその言葉だった。

それをきっかけに伊織《いおり》は、小会議室《しょうかいぎしつ》の天井を仰ぎ見る。

――勝ったんだ。

――僕は勝ったんだ。

「うおおおおおおおおおおおおおおおおおおおおおおおッ！」

ようやく伊織の口から飛び出したのは、勝利の雄たけびだった。

溢《あふ》れ出《で》る喜びを抑えられない。

――だって連載《れんさい》が出来るんだぞ。

――ずっと夢だった『週刊少年ライン』の連載だぞ。

それを自分の力で、この手で勝ち取ったのだ。こんなに嬉《うれ》しいことがあるだろうか。涙は何とか堪《こら》えた。人目がなければ間違いなく流していただろう。新人賞で大賞を受賞した時と同じくらいに時と同じくらいにドッと込み上げてくるものがある。

と、その時、コンコンとノックの音がして、編集者の一人が会議室に顔を覗《のぞ》かせてきた。あまりに伊織がやかましかったから注意しに来たのかと思ったが、その編集者は勅使河原《てしがわら》に用があったらしく室外に呼び出す。

「すまない、先方からの電話だそうだ。少し失礼するよ」

勅使河原が立ち去り、伊織と翔太郎の二人だけが部屋に取り残される。

「…………」

このタイミングを見計らっていたのか、喜びを披露《ひろう》し続《つづ》ける伊織に対して、今にも噛《か》みつかんばかりの勢いで睨《にら》みをきかせていた翔太郎が、椅子《いす》から勢いよく立ち上がった。

「ふざけんなよ……。なんでなんや……！」

伊織は椅子に座ったまま、テーブル越しの翔太郎を見上げる。

「なんでなんや⁉　納得出来るかこんなもん！」

翔太郎は激《はげ》しくテーブルを叩《たた》き、身を乗り上げて伊織に鋭い眼光を飛ばす。

それを受け、伊織は腕を組んで椅子に深く座り直し、ため息をついた。

「……意外に往生際《おうじょうぎわ》が悪いんだな？　ほんの数票差だが、結果は結果だぞ。潔《いさぎよ》く負けを認めるんだな」

翔太郎《しょうたろう》は首を横に何度も振る。

「そうとちゃう！　そうとちゃうわ！　負けは認めてるよ！　1票でも多く入ったキミの勝ち、それはええ！　そういうルールやった！　ボクが納得出来ひんのは、なんでキミがあんなオモロイ恋愛マンガを描けたかってことや！」

何を素《す》っ頓狂《とんきょう》なことを言っているんだ、というバカにした表情で伊織《いおり》は翔太郎を眺めた。

「はあ？　そんなの僕が天才だからだろ。何を今更──」

「おかしいやろ⁉　描けるわけないんや！　だって、キミは、キミはあの日……！」

翔太郎はフラフラと椅子《いす》に腰を落とす。

そして、生気の抜けた顔で呟《つぶや》く。

「あの子たちと遊ぶ方を選んだんやぞ……。ほたる先生の教えを捨てたんやぞ……」


『──僕はマンガを描きます──』


あの祭りの夜、伊織ははっきりとほたるにそう答えた。

翔太郎はそれを聞いて、伊織が楪葉《ゆずりは》たちと祭りを遊ぶことを諦《あきら》めたのだと思った。『現実』でなく『妄想《もうそう》』を選んだのだと思った。浴衣《ゆかた》の美少女を捨て、この自分との戦いに全《すべ》てを捧げたのだと思った。

ところがそのあと伊織は、楪葉と連れ立って花火の会場に向かうと言い出した。

『――僕は『現実』と『妄想』両方を選びます――』

そう言い残して、楪葉の手を引っ張って、ほたると翔太郎の前から去っていたのだ。

その時は、伊織に裏切られたと失望していたのだが、いざ蓋《ふた》を開けてみれば、『週刊少年ライン』に載《の》っていた伊織の新作は、翔太郎も衝撃《しょうげき》を覚える内容だった。

「あの日、キミは女の子と遊んで『イマジネーション』をなくしたはずや……。なのに、なのになんで……」

翔太郎には理解が出来ない。

「なんであんなオモロイの描けんねん!? こんなことが納得出来るか!」

ほたるの指導を捨てた伊織が、自分と同等以上のマンガを描けるはずがないからだ。

ほたるの言い付けどおりにマンガを描き上げた自分が、負けるはずがないのだ。

「そ、そうか! キミ、あのあとすぐに思い直して、彼女とは遊ばずに家に帰って原稿《げんこう》を描いてたんやな! そういうことやったんか!」

伊織はニヤリと笑う。

「いいや。僕は楪葉《ゆずりは》と一緒に、あの足で漫研《まんけん》の皆と合流したよ。まずはそこで霧生《きりゅう》さんに今までの非礼を真摯《しんし》に謝《あやま》った。有難《ありがた》いことに、彼女は僕を理解し、全《すべ》てを許してくれた。そしてそれから、楪葉や霧生さんたちと打ち上げ花火を見て、あの夏祭りを満喫《まんきつ》した。うん、とても充実した時間だったよ。学生時代の一生の思い出になるだろうね。ああ、スマホに写真もあるぞ？　見るか？」

「いらんわ！　ほななんでやねん⁉　まさかなんか新しい方法を見つけたんか⁉　『妄想《もうそう》』に頼らん、恋愛マンガの描き方を⁉」

「おいおい。僕は別にほたる先生の教えを捨てたわけじゃないぞ」

翔太郎《しょうたろう》は困惑の視線で、肩を竦《すく》める伊織《いおり》を見る。

「確かに先生が言ったとおりだった。あのたった一日で、ずっと溜《た》めてきた『イマジネーション』が半減されてしまったよ。楪葉や霧生さんとお祭りを楽しく過ごし、満たされたことによって、女の子への欲求が一気に弱くなってしまった。『幻想』も『神話』も、それこそ半分くらいの面白さのものしか頭に生み出せなくなったよ」

「じゃあ、なんでや……？　それでどうやって恋愛マンガを……？」

「だから言っているだろ。ほたる先生の教えを使ったんだよ。『妄想』を生かしてあの原稿《げんこう》を面白くしてみせたんだ。──ただし、少し違った角度でね」

「ど、どういうことやねん⁉」

「失った『イマジネーション』を『リアリティ』で補ったのさ」

伊織は笑う。

してやったりといった顔で。

チェスでいえばチェックメイトを決めたような顔で。

「……なんやねん、それ……。意味が分からん……」

「本当は君も気づいているんじゃないか？」

「え……？」

「僕は『現実』の人間を使って、新たな『妄想』を生み出したんだよ」

「………………ッ！」

伊織の言う通りだった。

翔太郎はその言葉の意味を理解している。

だから、堪《たま》らず自分の口元を押さえる。

「そ、そんなアホなこと……。け、けど、キミのマンガのヒロインは……」

顔を真っ赤にして小刻みに震えている翔太郎を、伊織は動じることなく見つめ返した。

今回のマンガを描き終えた時から、彼女のこのリアクションは予想出来ていたことだった。

伊織は落ち着き払った声で、翔太郎に言葉を返す。

「――ああ。君をモデルにしたヒロインだ」

伊織《いおり》の描いた恋愛マンガ【桜《さくら》ダイヤモンド】は、大正時代を舞台にしたラブコメである。

主人公は地方から上京して士官学校に入学した少年。勉強は出来るが腕《うで》っ節《ぷし》はからっきしの彼は、教官の勧《すす》めもあって由緒《ゆいしょ》正しい剣術道場に入門するが、なぜか道場破りと間違われて道場の一人娘と試合することになり、完膚《かんぷ》なきまでに倒されてしまう。

この少女がヒロインの桜だ。桜は男の兄弟がいなかったことから、父親から道場の跡取りとして男子同然に育てられ、男顔負けの実力者になっている。しかし、本心では洋装のドレスに憧《あこが》れるなど、乙女《おとめ》チックなヒロインなのだ。

【桜《さくら》ダイヤモンド】は、桜と彼女に一目《ひとめ》惚《ぼ》れした主人公との恋愛描写をメインに描きながら、それに加えて主人公が桜を溺愛《できあい》する父親に追いかけ回されたり、桜のために彼女が憧れている洋服を調達しようと奔走《ほんそう》する姿をコメディタッチに描くことで、マンガ的な面白さを加味したラブコメ作品に仕上がっていた。

そして当然言うまでもなく、ヒロインの桜は翔太郎《しょうたろう》こと高良翔子《こうらしょうこ》をモデルにしている。キャラクターとしての背景設定だけではなくビジュアル面までもだ。

そっくりそのままとはいわないが、見る人が見れば明らかに翔太郎を連想する凛《りん》とした印象のキャラクターとして描かれていた。

そう、『現実』に存在する『リアリティ』が、原稿《げんこう》の紙上に存在していた。

「うむ。我ながらいいヒロインになったと思うよ。まあ、天才の僕が描いたんだから、当然なんだけどね」

「アホちゃうんか!? ライバルのことをヒロインにしてマンガ描くとかありえんやろ！」

「なにがありえないんだ？　読みきりの限られたページ数で、読者の心をつかまなければならなかったんだ。そのために、インパクトのある個性的で可愛《かわい》い女の子をヒロインに据《す》えただけじゃないか」

「か、可愛いってなんやねん……。可愛いとか言うなや……」

翔太郎は恥ずかしそうに顔を下げた。その顔は今や火が出るのではないかというほどに真っ赤だ。

このまま押し黙るのかと思ったが、翔太郎はぶんぶんと首を豪快《ごうかい》に振って気合いを入れ直し、また大声でまくし立ててきた。

「そ、そもそもやな！　知り合いのボクのことヒロインにするとか、恥ずかしないんか！」

「恥ずかしいか……だと？」

「そうや！　キミ、『妄想《もうそう》』を生かした言うたよな!?　ボクをモデルにしてマンガを描いたゆうことは、頭の中でボクのことを『妄想』したってことちゃうんか！　知り合いのことで『妄想』を膨《ふく》らませるとか、そんなんどう考えても恥ずかしいやろ！」

涙目の翔太郎《しょうたろう》に睨《にら》みつけられながら、伊織《いおり》は険《けわ》しい表情で思い出していた。【桜《さくら》ダイヤモンド】を描き上げるまでのことを。

そして、こう叫んだ。

「そんなの恥ずかしかったに決まっているだろ！」

勢いよく椅子《いす》から立ち上がり、伊織は思いの丈を並べ立てる。

「そうとも。君の言う通りだ。僕はヒロインとして君の『妄想《もうそう》』をして【桜《さくら》ダイヤモンド】を完成させた。最初から最後まで悶絶《もんぜつ》もんだったよ。君が恋した時どんな表情をするのか、好きな人を前にしてどんな風に顔を赤らめるのか、どんな風に笑うのか、どんな言葉で恋の告白をするのか、『妄想』に『妄想』を重ねて描き上げたんだからな！」

『妄想』によりマンガを描く。伊織は今回の恋愛マンガを描くにあたって、糸屑《いとくず》ほたるの創作論を利用した。

男として生きてきた少女が恋をした時どう変わるのか。どのように表現すれば魅力的《みりょくてき》なヒロインになるのか。伊織は『妄想』を膨《ふく》らませて作品を描いた。

それが今の伊織にとって、一番面白い恋愛マンガを描ける方法だと思ったからだ。

「だから高良《こうら》。君の質問に対する回答はイエスだ。僕は【桜《さくら》ダイヤモンド】を描いていて、君のことを『妄想』していて恥ずかしくて仕方なかった。だが、それが面白い恋愛マンガになると思ったから、恥ずかしくても描き上げてみせたんだ」

力強く言い切った伊織は、翔太郎を見据《みす》えてさらに強い語調の言葉をぶつける。

「僕は面白いマンガのためならなんだってするんだよ！　どんなに恥ずかしいことだろうとなあ！　文句あるかッ⁉」

「……⁉」

伊織の勢いに押され、翔太郎はとうとう押し黙る。

凄《すさ》まじいまでのマンガへの情熱を感じさせる言葉だった。

やはりこの男は本物だったのだ。燃えるような瞳《ひとみ》を向けてくる伊織を前に、翔太郎は静かに悟った。

自分の描いた全力のマンガが伊織に負けた。ならばこの結果を潔《いさぎよ》く認めよう。

翔太郎は勝者である伊織に対して、賛辞の言葉を述べようと思った。

だがそれに先んじて、伊織が憤懣《ふんまん》やるかたないという表情で口を開く。

「……しかし、僕自身、納得出来ていない部分もある」

「なに？」

また理解出来ないことを言う。

伊織はこれほどまでに面白い作品を描き上げ、戦いにも勝利したというのに、納得出来ないことなど何があるというのか。

「本気の君と戦えなかったんだからな」

全《まっ》くこれっぽっちも思いもしない言葉がさらに続いたので、その一瞬《いっしゅん》、翔太郎《しょうたろう》は反応すら出来なかった。


――ボクが本気でなかった……？


「君が本気で挑んで来いと言うから、僕も気合いを入れ直したっていうのに、拍子抜けしてしまったよ。ホント、残念で仕方ないね」

「……はぁ？　ふ、ふざけんな！　ボクは全力であのマンガを描いた！　嫌味かこら⁉　キミの方こそ、マンガより女の子と遊ぶことを優先《ゆうせん》したやろが！　それと比べれば、よっぽどボクの方が本気やったやないか！」

翔太郎は動揺を見せながらも、強く言い返した。

「ふーん。本気ねぇ」

どういうわけか、伊織《いおり》の表情はさっきまでの熱いものから一転して、冷めたものになっているので、翔太郎は余計に混乱してくる。

「……君は僕に、恥ずかしくないのか、と訊《き》いたよな。じゃあ逆に訊くが、君は恥ずかしいと思ったら、どんなに面白い妄想《もうそう》でもマンガにはしないのか？　君がマンガにするのは自分にとって都合のいい妄想だけなのか？　自分という最高のモデルがいるんだから、恥ずかしかろうが利用しても良かったんじゃないのか？　君がマンガに賭《か》ける情熱というのは、恥ずかしさに負ける程度のものだったのか？」

「ち、違うわ！　ボクのマンガに対する情熱は本物や！　ボクかてマンガのためなら恥ずかしさくらい我慢《がまん》する！」

伊織に反論しながらも、翔太郎の目線は下がっていった。

「……ただボクは、ボクみたいな女の子をヒロインにするとか、そんなアホらしすぎて想像もせんかっただけや。妄想する気も起きんかったわ……」

翔太郎は吐き捨てるように言う。

しばし部屋を沈黙が支配した。

「……呆《あき》れたな」

その沈黙を破ったのは、伊織の深々としたため息だった。

「君のマンガはとても面白かったよ。票数からして僅差《きんさ》だったし、読者からしてもほとんど差のない面白さだったのだろう。だから、今回の勝負で勝てたのは、最初は時の運によるものだとも思った。だが、どうやら違ったようだ。今のままではこれから先、君が僕に勝つことはないだろうね。永遠に」

「な、なんやと！」

激昂《げきこう》する翔太郎《しょうたろう》を、伊織《いおり》はやはり冷ややかな目で見つめる。

「当然のことだろ。自分みたいなヒロインは想像もしなかっただって？　そうやって試してみる前から諦《あきら》めて、自分で勝手に限界を決めてしまうような人間に、僕より面白いマンガを描けるはずがない」

「……ボクが限界を決めている……やと？」

「そうとも。だから君は本気じゃないって言っているんだよ」

「ボ、ボクは本気やった！　本気で妄想《もうそう》したんや！　キミみたいにお祭りを遊んだりもせんかった！　マンガだけに向き合った！　ほたる先生と同じやり方で、本気で――」

「いいや、違うね。僕に言わせれば、君のマンガの描き方は、ほたる先生とは大きく異なっているよ」

「……なんやて？」

「確かに君は、ほたる先生と同じように、『妄想』だけを利用してマンガを描いているのかもしれない。だが、ほたる先生と君とでは『妄想』に対するアプローチがまるで違うんだよ。君の『妄想』は後ろ向きなものなんだ。自分にとっての『理想』だけをマンガにしているんだからな。しかし、ほたる先生の『妄想』は前向きなものだ。ほたる先生はいつだって『妄想』に『挑戦』をしているんだからな」

糸屑《いとくず》ほたるが世に送り出してきた作品は、その全《すべ》てが恋愛マンガだったが、一つとして似通ったものがなかった。シチュエーションもキャラクターも千差万別。共通していたことはたった一つ、読者の心を揺さぶる傑作《けっさく》だということのみ。

きっとどの作品も糸屑ほたるが心血を注いで『妄想』したもの。

自分の作品を待ち望む読者の期待に応《こた》えるために、現実の恋愛を断ち切って『妄想』に生きてきた足跡なのだ。

ほたるの『妄想』には、漫画家《まんがか》としての信念がある。

「君の作品【キラメキ都市《とし》の閃光《きせき》】はとても面白かった。だが、君は『この作品のために』妄想をしたのか？　ひょっとして『自分の理想とする世界』をただ描いていただけじゃないのか？」

「…………」

翔太郎の作品【キラメキ都市の閃光《きせき》】だって、恋愛マンガとして文句のない代物《しろもの》だった。ヒロインの揺れる恋心を繊細《せんさい》に表現しており、まるでキャラクターが実際に生きているかのような存在感があった。

作品単品として見れば、その完成度は伊織の【桜《さくら》ダイヤモンド】よりも高かったのかもしれない。

だが翔太郎の作品には、ひとつ致命的な問題があった。

「君のマンガだけどな、似ているんだよ。どうしようもなく似ているんだ。君がネットで連載《れんさい》していた【UTSUSEMI《うつせみ》】にな」

「…………」

もちろん舞台設定や、キャラクター設定は大きく異なっている。設定だけ並べれば全《まった》くの別ものといえるだろう。

しかし、完成した作品として見た時、ヒロインの造詣《ぞうけい》や、主人公と結ばれるまでのストーリー展開、心情の描き方等、あまりに似通っているのだ。

そのため、翔太郎《しょうたろう》のネット作品を知っている人間にすれば、どうしても今回の読みきり作品でデジャブを覚えてしまう。

「君だって自分の作品の類似性について気づいていたはずだ。気づいたうえで完成させたんじゃないのか。……なあ、どうなんだよ」

伊織《いおり》の質問に、翔太郎は力なく首を縦《たて》に振った。

「……そうや。だってあれがボクにとっての『憧《あこが》れ』で『恋愛マンガ』なんやからな」

翔太郎にとって『恋愛マンガ』は、修行漬《しゅぎょうづ》けの日々から自分を救い出してくれた存在だった。

高良家《こうらけ》の古武術の継承者として、『男』としてとしか生きていけない自分。『女』として恋愛することなどありえない。

だからこそ、翔太郎は恋愛マンガに引き込まれた。現実では望んでも手に入らないと思ったから、糸屑《いとくず》ほたるが教えてくれた『妄想《もうそう》』の世界にどっぷりとはまり、自分でも恋愛マンガを描くようになった。自分ではない女の子に恋愛をさせて悦に入った。自分の周りでは起こりえないような描写を徹底的《てっていてき》に織《お》り込《こ》んだ。

ほたるの勧《すす》めもあってネットで連載《れんさい》したところ、好評をもって迎えられた。自分の思い描いた世界が認められたことが嬉《うれ》しくて、翔太郎は漫画家《まんがか》を志《こころざ》すようになった。

しかしそれは、道場の跡取りとしての道に反するものでもあった。

漫画家になりたいとの思いが強まるほど、父からの期待に背《そむ》こうとしている罪悪感にいたたまれなくなり、一層『マンガの世界』に、『妄想の世界』にのめり込む。

それが正しいことなのかは分からない。しかし、漫画家として成功すれば、父も認めてくれる気がした。

いつしか『自分の理想』だけを原稿《げんこう》に描くようになった。

「なるほどね。だから、いつも自分とはかけ離れたヒロインを創《つく》りだして、そいつを使って妄想を広げていたんだな」

「……ボクにはマンガがある。マンガのキャラたちがボクの代わりに恋愛してくれる。それで十分やから……」

伊織はため息をつく。

「はっきり言っておこう。君はただ『現実』逃避して『妄想』に逃げ込んでいるだけなんだよ。仮に今回の読みきりで僕に勝てていたとしても、そんなワンパターンな妄想だけで漫画家として成功するはずがない」

「……っ」

「読者にステキな恋愛物語を共有してもらう。ステキな恋愛を追体験してもらう。恋愛マンガで感動を与える。それはいいことだ。だが、自分の鬱憤《うっぷん》を晴らすためだけにマンガを描いているのなら、そいつは失礼な行為だぞ」

「……なんやねん。さっきから黙って聞いてたら、偉そうに説教かましおって……！」

翔太郎《しょうたろう》は伊織《いおり》を睨《にら》み付《つ》けた。伊織の言葉が的《まと》を射《い》ていたからこそ、感情が逆撫《さかな》でされるのだ。

たしかに翔太郎はマンガで自分の理想を描いている。自分の理想だけを妄想《もうそう》にしている。

だけどだ。そうしてマンガを描いてきたこと。そうして評価を得てきたこと。

それの何が悪いというのか。

「ボクにはボクのやり方がある！　たしかに今回はキミの勝ちやったけど、だからって好き勝手なこと言うなや！　偉そうになんやねん！　マンガの神様にでもなったつもりか！」

翔太郎の叫びを、伊織は動じることなく受け止めた。

「……いいや。僕はマンガの神様なんかじゃない」

「だったらなんやねん！　キミはいったい何様のつもりやねん！」

伊織はじっと翔太郎の瞳《ひとみ》を見つめると、力を込めて言った。

「――君のマンガの……ファンだ」

伊織はその熱い双眸《そうぼう》で、翔太郎の目を真《ま》っ直《す》ぐに見つめながら、言葉を続ける。

「いい加減に気づけよ……！　君のマンガはもう、君だけのものじゃない！　君だけの『妄想』じゃない！　君のマンガを待つ『読者』がいるんだよ！　『現実』の人間が存在するんだよ！　少なくとも今、目の前にいるだろ⁉」

伊織は熱く訴える。

目の前の少女に『本気』で訴える。

「……君のデビュー作【不破門峠《ふわもんとうげ》の無法者《デスペラード》】を読んだ時、僕は正直打ち震えたよ。こんな迫力あるバトルシーンを描ける新人がいるなんてと、嫉妬《しっと》すらしたよ。【UTSUSEMI《うつせみ》】を読んだ日の夜なんて眠れなかった。どうやったらここまで心に訴えかけてくるモノが描けるのかと、夜通しずっと考えてしまった。今回の読みきりではどんなマンガを出してくるのか、恐ろしくも楽しみだった」

熱を帯びた口調で伊織は続ける。

「……だからこそがっかりしたよ。君が自分の理想のためだけにマンガを描いているのだとしたら、もっと面白いものが描ける可能性があるのに、そこに挑戦しようとしないというのなら、こんなに残念なことはないってね。だから僕は、君が限界を決めているんだと、君は本気じゃないんだと、そう言っているんだよ」

「…………」

翔太郎《しょうたろう》は思う。

――自分はこれまで読者のことを意識《いしき》したことがあっただろうか。

「道場を継ぐための厳《きび》しい修行だとか、女なのに男として生きなければならない苦労だとか、そりゃあ大変だろうさ。君の境遇には同情だってしてしまうよ。……だけどな、漫画家《まんがか》だって苦労の連続なんだ。少なくとも、独りよがりのワンパターンな『妄想《もうそう》』だけでやっていける生《なま》易《やさ》しいものじゃない。相手は『現実』の読者なんだ。その人たちに本気で向き合わなきゃいけないんだよ」

翔太郎は己《おのれ》に問いかける。

――自分はこれまでに読者のことを考えてマンガを描いたことがあっただろうか。

「君の生き方は君の自由だ。道場を継ごうが、漫画家になろうが、君が決めることだ。僕が何か言うべきことじゃない。でも、君のマンガについては、読者として言わせてもらう」

伊織《いおり》は翔太郎に、そして翔子《しょうこ》に向けて言葉を続ける。

「君のマンガにはもっと可能性がある。これしかないと決めつけるな。男として生きてきた女の子がヒロインになって何が悪いんだ。試してみもいないのに無理だなんて諦《あきら》めるなよ。そんな寂しい考え方するなよ。君だって『ヒロイン』になれるんだよ」

「…………っ」

翔太郎はキャップを外して、自分の顔に押し付ける。

そうやって顔を隠して、ワナワナと肩を震わす。

——こいつの言う通りだ。

限界を決めていた。マンガだけじゃない。自分自身の存在にさえも。居心地の良い世界にずっと逃げていた。『高良《こうら》翔子』という存在を押し殺すために、マンガを利用してしまっていた。

こんなこと、同じ高校生の、同じ漫画家に気づかされるなんて——。

悔しさとか、情けなさとか、色んな感情が押し寄せてくる。

彼女はキャップを胸元にズラし、涙目で伊織を見つめる。

「……なんで、キミ、ボクにそこまで……？」

もう勝負は終わった。ほたるのアシスタントの任も降りた。これから先、関係があるかどうかも分からない人間に対して、どうしてこいつはこんなに熱くなっているんだ。

理解が出来ない翔太郎は伊織を見つめ続ける。

そんな問いかけに対して、伊織《いおり》は気恥ずかしそうにそっぽを向いた。

「……勘違いするなよ。別に君のことを心配しているわけじゃない。君のマンガのためだ。君のマンガが面白かったことは間違いないからね。それ以上にもっと面白いものを生み出してもらわないとと思ったから、ただそれだけだ」

すまし顔の伊織を見つめながら、翔太郎《しょうたろう》は吹き出しそうになった。

なぜなら、伊織の頬《ほお》が赤く染まっていたからだ。せっかくの格好いいシーンもこれでは決まらないだろう。

翔太郎は、笑い声で伊織に言った。

「……キミ、ひょっとして、ツンデレなん？」

「な、なに言ってるんだ⁉　バカにしてるのか！」

伊織の慌《あわ》てっぷりを見て、翔太郎は大声で笑いだした。

可笑《おか》しくって堪《たま》らなかった。

それに、負けたはずなのに、心がスッキリしてしまっている。

「…………」

心の内で決意する。

――出直そう。

今回の勝負に負ければ漫画家《まんがか》の夢は諦《あきら》めるつもりだった。自分の一番である『恋愛マンガ』で勝てなければ、そこまでの才能だと思っていたからだ。けれど、違う。まだ本気の、全力のマンガを描けてなんていない。

それにだ。

自分のマンガは、もう自分のものだけではない。自分のマンガを待ってくれている読者がいるんだ。『現実』の人間がいるんだ。

だったらこのまま諦められるわけがないじゃないか。

――少なくとも目の前に待ってくれているやつがいるんだ。

新しいマンガのことを考えよう。

ジャンルはもちろん恋愛マンガだ。

今度は自分のことだけではなく、自分の作品を待ってくれる人のことも考えて、その人たちが楽しめるようなマンガを『妄想《もうそう》』するのだ。

『現実』のための『妄想』をするのだ。

きっと今までよりももっといいマンガが生み出せる。

「…………」

翔太郎《しょうたろう》はジッと伊織《いおり》の顔を眺める。

「な、なんだよ……。僕の顔に何かついてるのか……?」

「別に」

——新しい『妄想《もうそう》』の題材は、たしかに『翔子《しょうこ》』の胸の中にあるのだから。


某日《ぼうじつ》。

『スタジオほたる』へと伊織は足を運んでいた。

1階。仕事部屋に入るなり、ほたるに向かって伊織は深々と頭を下げた。

「ご指導ありがとうございました。お蔭《かげ》さまで面白い恋愛マンガを描くことが出来ました」

ほたるは伊織に背中を向けて椅子《いす》に腰かけている。

「——あなたの【桜《さくら》ダイヤモンド】、堪能《たんのう》させてもらったわ」

そう言いながら、ほたるがゆったりと椅子を回転させて伊織に向き直る。

いつも通り中世の絵画から飛び出て来たような世間離れした服装のほたるだったが、その手には『ライン』本誌を手にしていた。ものすごくアンバランスだ。

「いい『恋愛マンガ』だったと思うわ。『妄想』を燃やしたのね」

ほたるが『ライン』に目を向けながら、何気ない調子で言う。しかしそんなあっさりとした賞賛の言葉が、伊織の胸を熱くさせた。

自分の恋愛マンガが、あの糸屑《いとくず》ほたるに認められたのだ。

「ほたる先生、あなたの教えで僕は成長出来たと思います。マンガが創作物である以上、妄想によりイメージを膨《ふく》らませることは基本中の基本。それなのに僕はその基本を疎《おろそ》かにしていたのかもしれません」

杜若王子郎《もりわかおうじろう》こと楪葉《ゆずりは》の創作姿勢は『実体験』による『リアリティ』を重視するものだ。伊織は尊敬する王子郎の影響《えいきょう》を受け、いつの間にかそればかりに気を取られていたようだ。

そもそも楪葉が王子郎として連載《れんさい》している【スタプリ】は、宇宙人の登場するSF作品だ。恋愛マンガどころではない。まさに妄想の産物ではないか。

ただ『リアリティ』を追求するだけでなく『妄想』を膨らませることでマンガは面白くなる。マンガにおける『妄想』の重要性。ほたるとの出会いを通して、そんな当たり前のことを伊織は改めて思い出すことが出来た。

「今回勝てたのは、間違いなくあなたのお蔭です」

「あら、それは社交辞令かしら。最後は私との約束、破ったくせに」

怒ってはいない。そう言いながら、ほたるは可笑《おか》しそうに微笑《ほほえ》んでいるのだ。

「いえ、心からそう思っています。ほたる先生の教えを受け、『妄想』と『イマジネーション』

には込められている。

それらの経験《リアリティ》が、あのマンガには生かされている。彼女たちへの妄想《イマジネーション》が、あのマンガを膨《ふく》らませたことで、【桜《さくら》ダイヤモンド】は完成したのですから」

翔太郎《しょうたろう》との出会い。ほたるの下でのアシスタント生活。そして、楪葉《ゆずりは》や萌黄《もえぎ》との交流。


——『杜若王子郎《もりわかおうじろう》』の『リアリティ』。

——『糸屑《いとくず》ほたる』の『イマジネーション』。


この二つを組み合わせたものが『左右田伊織《そうだいおり》』の『恋愛マンガの描き方』だったのである。

「僕は面白いマンガが描きたい。最高に面白いマンガが描きたいんです。日本一の漫画家《まんがか》になりたいんです。だから、面白いマンガを描くためなら、妄想《もうそう》だってしますす。経験だって利用します。面白いマンガのために、何だって使ってみせます」

はっきりと言い切った伊織のことを、ほたるはさも楽しそうに眺めていた。

「欲張りな子ね。二兎《にと》を追うものは一兎も得ずという言葉を知らないのかしら?」

「お言葉ですがほたる先生、僕は二兎を追うくらいでは満足はしません。それに価値があるのだとすれば、目にしたものは片っ端から追いかけてやる。三兎でも四兎でも、全部を自分のものにしてみせます」

伊織はほたるから目を逸《そ》らすことなく、自分の思いの丈をぶつける。

「僕は友達とも付き合いを続けます。実際の関係を一切断って妄想力を高めるほたる先生のやり方も一つの手法だとは思いますが、僕は友達との交流から得ることの出来るものも欲しい。そこから得た経験もまた、僕にとっての貴重な財産になると思うからです。マンガと同じくらいに、仲間たちとの思い出を、本気で、全力で、作っていきたいんです」

ほたるは眩《まぶ》しそうに伊織を見つめた。

「――だから僕は『現実』も『妄想』も両方を選びます」

少し前までは迷える子羊のようだった少年が、今ではずいぶんと自信を持っているではないか。

ほたるから見れば、恋愛描写においてはまだまだ荒削りな部分もある。繊細《せんさい》な心理表現という面では、翔太郎のほうが優《まさ》っていた。

しかし、伊織のマンガは面白かった。見るものを楽しませようという創意工夫が作品の隅々にまで行き届いていた。

伊織の描いた【桜《さくら》ダイヤモンド】は、彼の信念のこもった彼だけの恋愛マンガだった。

「翔太郎は自分のためだけにマンガを描いてしまっていた。でもあなたは、見る人のためにマンガを描いているのね」

「はい。僕がどうしてマンガを描くのか。――それは、読者のためです」

『――伊織《いおり》くんは、何のためにマンガを描いているんですか――』

あの時の楪葉《ゆずりは》の問いに対する答えは、それだ。

読んでくれる読者のために描く。

『妄想《もうそう》』を『現実』の読者のために描く。

それが漫画家《まんがか》・左右田《そうだ》伊織なのだ。

「……………そう」

ほたるは頷《うなず》く。

マンガを描く理由に優劣《ゆうれつ》はない。少なくとも、ほたるはそう思っている。

たとえ現実逃避のためにマンガを描いていたとして、自分のためだけにマンガを描いていたとしても、それが美しい物語だとしたらそれでいい。

今回の翔太郎《しょうたろう》の作品も、ほたるは高く評価している。彼女の妄想が織《お》りなす世界は、十分に心揺さぶるものになっていたのだから。

ただそれでも、伊織の【桜《さくら》ダイヤモンド】を読んで心が温かくなったことは否定出来ない。

あくまでも自分のためにマンガを描いた翔太郎と違い、伊織は読者を楽しませようとマンガを描いていたことが伝わってきたのだ。

そして彼が楽しませようとした『読者』の中には、自分の可能性に挑戦することなく、いつの間にか『妄想』にだけ囚《とら》われてしまっていた『少女』が含まれていたことも。

「若いのにお節介な子……。翔太郎は不器用だけど強い子だから、放っておいても自分で成長出来たんじゃないかしら」

だからこそほたるは、彼女に何も伝えなかった。黙って見守ってきた。

この少年は、頼まれてもいないのに、ライバルの抱える闇《やみ》を振り払おうとしてしまったのだ。

「……なんのことですか。僕はただ面白いマンガを描いただけです」

伊織は無表情を装いながらも、照れくささを誤魔化《ごまか》すために咳払《せきばら》いを入れる。

「…………」

ほたるはニヤニヤとそんな伊織を眺める。

仕方ないことだろう。

――ライバルである前に、あの少女はもう『大事な友達』になっていたのだから。

（面白い子……）

ほたるは段々楽しくなってきた。

折角だからもっと話をして上げたくなってきた。

「あなたと翔太郎《しょうたろう》の作品だけど、マンガとしては確かにあなたの方が面白かったわ。でも、やっぱり恋愛マンガとしての完成度なら翔太郎の方が上よ。翔太郎の作品が繊細《せんさい》なガラス細工だとしたら、あなたの作品は荒削りのガラスの結晶《けっしょう》といったところね」

貶《けな》されたと思ったのだろう伊織《いおり》の表情が険《けわ》しくなる。本当にわかりやすい子だ。

今にも伊織が怒って部屋を出て行きそうに思えたので、ほたるは単刀直入に結論を教えてやることにする。

伊織のマンガが翔太郎のマンガに優《まさ》っていた、決定的な理由をだ。

「……ただね。あなたの作品のラストの1コマ。あのコマのヒロインは素晴らしかったわ」

ほたるは手にしていた『ライン』の1ページを指さす。

彼女の指が差し示す先では、伊織の描き出したヒロインである桜《さくら》が、はにかんだ笑みを浮かべている。

「最後の最後に、今までの袴姿《はかますがた》ではなく、主人公のプレゼントした洋服を着た桜の姿で物語を締《し》めくくるこの1コマ。この1コマの桜の絵はすごく可愛《かわい》い」

たったの1コマ。

そのたったの1コマがマンガ全体の印象を決めることがある。

「この1コマであなたの作品は、ガラスの結晶からダイヤの原石に生まれ変わった」

ほたるが考える伊織と翔太郎の勝敗を分けた理由。それはマンガに対するスタンスの違いでも、マンガとしての面白さでもない。

たった1コマの持つ力。読者に訴えかけるような絵の力。その力が【桜《さくら》ダイヤモンド】の最後の1コマには備わっていた。

それはまさに今回彼が信念とした『経験』と『妄想《もうそう》』を両立した1コマといっていい。

伊織もそのコマには絶対的な自信を抱いていたのだろう。本人は無表情を装っているつもりだろうが、口元がにやけているのを隠しきれていない。

ほたるは少し呆《あき》れた。

伊織のこの様子では、最後の1コマを見て怒りを覚えているであろう『ある人物』のことに思いが至っていないようだ。

一言忠告してあげようかとも思ったが、妄想だけではなく実生活の経験も手に入れたいとの伊織の持論からすれば、これから彼を待《ま》ち構《かま》えているであろう経験も、価値あるものになるのかもしれない。

だから、ほたるは悪戯心《いたずらごころ》を込めて、伊織を激励《げきれい》の言葉で送り出すことにした。

「今後もあなたのマンガを楽しみにさせてもらうわ。頑張ってね」

「は、はい！　ありがとうございます！」

感動した様子で伊織は頭を下げ、部屋の出口へと向かう。

「伊織《いおり》、テッシーによろしくね。それと――」

ドアノブに手を掛け振り向くと、何やらほたるが禍々《まがまが》しい笑みを浮かべていた。

「――これからもいつでも家に来ていいからね。……あなたの『アシスタント』すっごく興奮《こうふん》するから」

ほたるはそう言って舌なめずりする。

「し、失礼します！」

それを見るや、伊織は逃げるように部屋を出て行った。

「ウフフ……。若いわね……」

伊織の背中を見送ったあと、ほたるは彼の前途に対して期待と共に、一抹《いちまつ》の不安も感じていた。

「……『妄想《もうそう》』と『現実』両方を取る、ねえ……。確かに今回は何とかなったけど、今後も同じように上手《うま》くいくかしらね」

一人そう呟《つぶや》いてから、ほたるは机の中から1枚の写真を取り出す。

「……やっぱり、あの子、あなたにソックリだわ」

そこには三人の男女が写っている。

真ん中にいるのは美しい女性。落ち着いたファッションだが、今、この写真を手に持つほたるの面影を持っている。

隣《となり》には長身のサングラスの男。

そして、反対側にはもう一人の青年——。

「……私はあなたのことを忘れられたわ。あなたを『捨てること』でこうして漫画家《まんがか》を続けられている。けど、あの子は続けられるのかしらね。もしもマンガより大事なモノを見つけてしまった時、面白いマンガを描き続けられるのかしら」

写真に写る青年の顔を優《やさ》しく撫《な》でる。

「ねえ、どう思う？　『王子郎《おうじろう》』——」

エピローグ

伊織《いおり》は『ライン』の編集部にやってきていた。

「ん？」

見てみると、編集長席のところに、翔太郎《しょうたろう》の姿がある。

翔太郎は会話を終えて勅使河原《てしがわら》に頭を下げたあと、こっちに歩いてきた。

伊織に気づくと、「よう」と軽く手を上げる。

「編集長に挨拶《あいさつ》してきたとこや。ボク、これから大阪に帰るねん」

彼女は大きなボストンバッグを抱えている。

「言っとくけど、逃げ帰るわけとちゃうで。親父ときちんと話し合うためや。ボクの夢を真っ向から話して、きちんと分かってもらってくる」

「そうか」

翔太郎は堂々とした様子だし、何も心配いらないだろうと思った。

「二足の草鞋《わらじ》も悪くないかもなとも思うねん。道場も継ぐ。漫画《まんが》家も続ける。両方出来たらカツコええやん。キミが『現実』と『妄想《もうそう》』両方を選んでみせたようにな」

「ふん……。ま、君なら出来るんじゃないか。なにせ、この僕が認めてやったライバルなんだからな」

相変わらずの上からの物言いだが、翔太郎は思わず笑ってしまった。最初に出会った時はこの物言いが気に食わなくて仕方なかったのに、今では小気味よく聞こえるのだから、本当に人生のストーリーには何が起こるのか分からない。

だからもしかしたら——。

「なあ左右田《そうだ》。キミってホンマに編集長の娘さんと付き合ってないんか？」

「はあ？　なんだよ急に。前も言っただろ、付き合ってなんてない」

「じゃあ、あのもう一人の同じ学校の子は？」

「霧生《きりゅう》さんのことか？　あの二人はどっちも友達だよ。……別に彼女とかじゃない」

不機嫌《ふきげん》そうに否定する伊織の表情は、嘘《うそ》を言っているようには見えなかった。

「……そっか。……チャンスはある……か」

「え？　何だって？」

訝《いぶか》しげに自分を見つめる伊織と目があって、翔太郎は慌《あわ》てて首を横に振る。

「別になんでもない。ほな、新幹線の時間あるし、もう行くわ」

「お、おい！　何なんだよ!?」

「じゃあな！　左右田《そうだ》！」

翔太郎《しょうたろう》は走っていく。

その表情は、初めて東京に降り立った時よりも、爽《さわ》やかなものだった。

◆

「――あの編集長。秋からの連載《れんさい》の話ですが」

翔太郎を見送ったあと、伊織《いおり》は入れ替わるかたちで勅使河原《てしがわら》の前に立つ。

勅使河原はデスクに座ったまま顔を上げ、サングラスをこちらに向ける。

「ん？　なんのことかね？」

「ああ、いや、勝った方の新作を秋の連載陣に入れてくれるって約束でしたよね。具体的なスケジュールをまだ教えていただけていなかったなあと」

あの結果発表の日、電話を終えた勅使河原は急用が出来たとかで、話を切り上げてしまったのだ。なので、こうやって日を改めて話を聞きに来たわけである。

期待に満《み》ち溢《あふ》れる表情の伊織に対して、勅使河原は無機質な無表情だった。

「連載？　何を言っているのかね？　まだ君に連載をさせるつもりなどないが」

勅使河原のすっとぼけた発言に、伊織はまずはぽかんとする。

「へ、編集長。それは何かのジョークですか？」

「私がジョークを言う顔に見えるかね？」

見えない。

むしろジョークなんて誰《だれ》かに聞かされたら、懐《ふところ》から拳銃《けんじゅう》でも取り出しそうな顔だ。

「……で、でも、だって、約束しましたよね？」

「ああ、そうだな。このあいだの号のアンケートにおいて、高校生漫画家《こうこうせいまんがか》の中で一番票を取ったものに必ず連載させると、確かに約束したよ」

「だったら――」

突然勅使河原は、徹底的《てっていてき》に抗弁しようとする伊織の眼前に、手元で操作《そうさ》していたタブレットの画面を突きつける。

そこには、伊織たちの読みきりが載《の》った週の『ライン』のアンケート結果が書かれていた。

・【キラメキ都市《とし》の閃光《きせき》】――10083票。

・【桜《さくら》ダイヤモンド】――10097票。

伊織は改めて、そこに書かれている数字をしっかりと確認した。

やはり間違いない。

「ほら！　僕の【桜《さくら》ダイヤモンド】の方が勝ってるじゃないですか！　1票でも多く入った方

が勝ちでしょ！」

ごめ～ん、集計間違ってた～、とか言い出したらさすがにキレそうだった。いや、今伊織《いおり》は半分以上はキレている。

「集計結果に間違いはないよ」

「じゃあ約束を破るんですか⁉　きちんと説明をして下さい！」

「私は約束を破ってなどいない」

「はあ⁉　じゃあ連載《れんさい》させて下さいよ！　意味が分かりません！」

「だからよく見たまえよ」

「え？」

勅使河原《てしがわら》の指の先を見てみる。

そこにはこう書かれていた――。
・【Star PrincesS《スター・プリンセス》】――27051票。
「……？」

「【スタプリ】の方が上じゃないか」

伊織の頭の周《まわ》りをハテナマークが飛び交う。

「楪葉《ゆずりは》もだろ？　彼女も『高校生漫画家《こうこうせいまんがか》』だ」

「……？　……？」

「おいおい。勝負のルールを忘れたのかね？」
　1、勝負用のマンガのジャンルは『強化週間』に沿った内容とし、統一のものとする。
　2、読者にはあらかじめ勝負だとは告知せず、同じ号に作品を載《の》せる。
　3、その号の読者アンケートで、より多く票を取った高校生漫画家に必ず連載をさせる。
「あの週の【スタプリ】の内容を思い出してみろ」

「……あ……」

　その号の【スタプリ】は、主人公・流星《りゅうせい》に立ちはだかる異星人・カーネル＝ホークの回想話で全編を占めていた。カーネルの地球侵攻前のエピソードである。

　カーネルは、自分の母星と敵対する星の神《コア》である女性・シエラと、その正体を知らずして恋に陥《おち》ってしまう。シエラの方もカーネルに惹《ひ》かれていき、二人は交流を重ねていった。しかし、それは許されざる恋だった。残酷《ざんこく》な運命が二人を分かとうとする。

　そんな二人の儚《はかな》くも健気《けなげ》な恋愛模様を、その回を丸々使って見事に描ききっていた。

　伊織としては、本編では寡黙《かもく》で無骨なカーネルが、若かりし頃《ころ》ということもあって自信過《じしんか》剰《じょう》で偉そうな若者として描写されていたこともあり、正直いって少しばかり鼻持ちならない印象も持った。

とはいえ、炎に囲まれながらもカーネルの助けを信じて待つシエラの描写は、迫りくる炎のリアリティある表現とも相まって圧巻の出来だったし、最後にカーネルが颯爽《さっそう》とシエラを救い出すシーンは、素直に格好いいと思ったものである。

「あいつは今回の『強化週間』に合わせて、あの話を用意してきたのさ。そう、『恋愛』がテーマの話をな」

連載《れんさい》作品だろうと関係ない。

話の齟齬《そご》を合わせたうえで、与えられたテーマを消化してみせた。

しかも、伊織《いおり》たちの読みきりを、遥《はる》かに超《こ》える完成度であった。


——これが杜若王子《もりわかおうじ》郎《ろう》の力だとでもいうのか。


「そんな……。そんなのって……」

伊織はヘナヘナと床に座り込む。

詭弁《きべん》といえば詭弁だが、勅使河原《てしがわら》は約束を破っていない。

それに、自分の『恋愛マンガ』で杜若王子郎の『恋愛マンガ』を超えられなかったのは事実なのだ。

伊織はこの事実を真摯《しんし》に受け入れることにした。

ここでごちゃごちゃ反論するのは、余計に惨《みじ》めな気がしたからだ。

勅使河原は、悔しさで顔を歪《ゆが》める伊織を見下ろしながら、軽く笑みを浮かべる。

「……ただ、君の力は十分理解出来た。そして、今回の戦いで大きく成長もしてくれたようだ。少なくとも高校を卒業するまでは連載させないという話、あれは撤回《てっかい》しよう。そう遠くないうちに、君に連載をさせるつもりだ」

「本当ですか⁉」

それを聞くと、伊織はすぐに元気になって立ち上がる。

「ああ。もちろん、君のこれからの頑張り次第だが。『週刊少年ライン』は君を待っている」

「……！」

この戦い、決して無駄ではなかった。

前進はあったとみるべきだろう。

そう感じ取った伊織は、気合いの入った表情を見せる。

「だったら見ていて下さい、編集長！　あなたの納得のいく連載作品を生み出してみせます！　必ず僕は連載をします！　杜若王子郎にだって勝ってみせますよ！」

伊織《いおり》が去った後の編集部。

さらに入れ替わるかたちで、勅使河原《てしがわら》の前に立つ人物。

「やあ。よく来てくれたな」

「いえ、お構《かま》いなく」

少女はいつもどおり、クールで落ち着いた物腰だった。

現・杜若王子郎《もりわかおうじろう》――杜若楪葉《ゆずりは》である。

「編集長さん。今日《きょう》はどういったご用件でしょうか」

「まずは称賛の言葉を贈《おく》らせて欲しい。今回の【スタプリ】だが、とてつもない出来だったよ」

「ありがとうございます」

楪葉は特に表情を崩《くず》さず、軽く頭を下げる。

「しかし、少し意外だったよ。前に聞かせてもらった話だと、シエラは炎の中から救われることのない悲劇性の高いラストだったはずだが、出来上がってみればカーネルに抱きかかえられるシーンがとても印象深いものになっていた。なにか心境の変化でもあったのか?」

「いえ、別に……。ただ――」

　楪葉は怪訝《けげん》な表情を浮かべる勅使河原から目を逸《そ》らすと、そっと小声で呟《つぶや》くように言った。

「こっちの方がいいかなと『妄想《もうそう》』しただけですよ」

　花火大会の日、楪葉は糸屑《いとくず》ほたる流の妄想による創作論を聞くことになった。

『異性との交流を避けること』で『恋愛のフラストレーション』を溜《た》め、恋愛に対する『妄想』で恋愛マンガを描く。

　ほたるの教えを受けて伊織が実践しようとしたそのやり方は、期せずして『伊織に交流を避けられていた』楪葉も実践していたことになる。

　だから試してみようと思った。楪葉にとって、父や祖父と同様に尊敬の対象である糸屑ほたるの創作方法に挑戦してみようと思った。

　業火《ごうか》に包まれた別荘の中で抱いた『妄想』を、恋愛マンガとして作品化する。完成した原稿《げんこう》は、自分でも満足できる出来だった。


　――漫画家《まんがか》・杜若王子郎も成長しているのであった。


「……えっと、今日はそれだけなんですか？」

　楪葉は咳払《せきばら》いを何度か入れ、落ち着きを取り戻してから勅使河原に尋《たず》ねる。

「ああ、いや、本題に入ろう。今日はお前に伝えておくことがある」

「なんです？」

勅使河原《てしがわら》はサングラスをクイッと上げる。

「【スタプリ】のアニメ化が決まった」

楪葉《ゆずりは》は目を大きく開け、頬《ほお》を緩《ゆる》める。

しかし、すぐに――、

「……そう……ですか」

「なんだ？　嬉《うれ》しくないのか？」

「………」

折角近づいてきても、またあの少年より先を行ってしまう。

楪葉は、どこか申し訳なさそうな顔を浮かべていた。

◆

漫研《まんけん》の活動に戻ってきた伊織《いおり》を、メンバーは温かく迎え入れてくれた。

高良翔太郎《こうらしょうたろう》との戦いの間に1学期も終わり、学校は夏休みに突入した。夏休みの間も、漫研の部室は開放しており、ほぼ連日、部員たちは揃《そろ》ってここに集まる。

伊織は部室で皆といると、日常が戻ってきたような、そんな感覚だった。いつの間にかここが、すっかり居心地の良い場所になっていることを実感する。

文化祭に向けて、伊織は仲間たちと日々を過ごす。

伊織は久しぶりに楪葉と並んで歩いていた。

学校からの帰りの通学路。

「――なあ、楪葉」

「……なんです」

「君に訊《き》いておきたいことがあってさ。翔子《しょうこ》――高良翔太郎のことなんだが、あいつは『マンガの神様』に憑《つ》かれていないのか？」

「どうしてそんなことを？」

「いや、あまりにあいつがマンガのような境遇だったからさ。存在自体、マンガのキャラそのものかと疑うほどだったし」

楪葉は少し躊躇《ちゅうちょ》を見せてから返答する。

「……彼女は違いますよ。普通の女の子です。人生に悩んだり、苦しんだりする、どこにでもいるあなたと同じ『普通の』高校生です」

「そう……か」

伊織はどこか安心したような表情だった。訳の分からないトラブルに巻き込まれるのは、自分だけで十分だと思っているからだ。

「ただ、彼女を呼び寄せてしまったのは、私の『マンガの神様』によるところでしょう。マンガのような人物を引き寄せてしまうのも、その効果のひとつですので」

「糸屑《いとくず》ほたる先生もなのか？」

「そうでしょうね。彼女もまた『マンガの神様』に引き寄せられた人物《キャラクター》の一人でしょう」

「……なるほどね」

今回の一件で、伊織《いおり》は『マンガの神様』の存在を受け入れつつあった。マンガのような体験を、これでもかと突きつけられたからだ。

ただし、信じようが信じまいが、伊織のスタンスは変わらない。

どんなことが起ころうと、変わらず面白いマンガを描くだけだ。

楪葉《ゆずりは》たちとの日々を大事に過ごすだけだ。

「……それにしても伊織くん。最近、あの子のこと——翔子《しょうこ》さんのことばかり話しますよね」

「え？　いや、別にそんなことはないだろ。ちょっと心配だなって思っただけさ」

「ふーん……。心配なんですか……」

楪葉はどうもプンスカしている。

よく分からないが、とりあえず話題を変えようと伊織は思い至る。

「ああ、そういえば【桜《さくら》ダイヤモンド】の感想、まだ君から聞いていなかったな。そろそろ聞かせてくれよ」

「…………」

「なんだよ？」

やはり、どう見ても樸葉は不機嫌《ふきげん》だ。

【スタプリ】には及ばなかったものの、折角面白いマンガを描いたっていうのに、どうしたというのか。

「はッ⁉　ま、まさか……。君にはあれが面白くなかったっていうのか……⁉」

ここずっと顔を会わせる度《たび》に【桜《さくら》ダイヤモンド】の感想を求めても、何故《なぜ》かスルーされてきたのだが、それが理由だったのか。もしかして今不機嫌なのも、それが原因だというのか。

「そ、そんなバカな……。あれだけ苦労して生み出したというのに……」

伊織が辛《つら》そうに頭を押さえて唸《うな》り出《だ》した。

その深刻な様子が少し可哀相《かわいそう》だったので、

「……いえ、とても面白かったですよ」

樸葉は柔らかい口調でそう声をかけてやる。

「ほ、本当か⁉　良かった！」

すると現金なもので、伊織は喜色満面となる。

樸葉はジト目でそれを眺める。

……やっぱりこの人は気づいていないのかと呆《あき》れ果《は》ててしまう。

「……ねえ、伊織《いおり》くん。あのマンガ……。あのラストのコマ……」

それを聞くと、伊織は「待ってました」とさらに愉快《ゆかい》そうになる。

「そう！　そうなんだよ！　我ながら会心の出来だね、あれは！　ほたる先生からもべた褒《ほ》めだったしね！　うんうん、やっぱり僕は天才だな！」

「……ヒロインが着ていた、あの洋服は……」

「ふふ……。そういうこと。あれはあの時、君が着ていたやつだよ。あの日、僕とデートをした時のね」

伊織は嬉《うれ》しそうに、得意気に言う。

実は【桜《さくら》ダイヤモンド】のラストシーン、ヒロイン・桜が着ていた洋服は、恋愛マンガのアイディア収集のため、楪葉《ゆずりは》とデートした時に彼女が着ていた格好そのままだったのである。

「君のお蔭《かげ》でいいシーンが描けたよ。あのデートは無駄じゃなかったってわけさ。まさに実体験が生きた瞬間《しゅんかん》だね」

あの時、楪葉の姿をスケッチに取っていたので、完全な再現を出来たわけだが。

「……あんな服装、時代考証もへったくれもないじゃないですか。大正時代が舞台でしたよね」

「え？　ああ、そこが気に入らなくて不機嫌《ふきげん》だったのか？　けど、マンガなんだし多少の嘘《うそ》や誇張はいいだろ？　ともかくヒロインの可愛《かわい》さを優先《ゆうせん》した結果さ」

「……むぅ……。服が可愛かっただけなんですね……」

「え？」

　楪葉はムスッと唇を尖《とが》らせている。

　――ヒロインには高良《こうら》翔子《しょうこ》が選ばれた。

　――その子に自分の服だけがあてがわれた。

　そのことに楪葉はずっと腹を立てているのだ。

　しかし、楪葉がどうしてむくれているのか理解出来ない伊織は、首を傾《かし》げるばかりである。

「えっと……。もちろんあの服自体も可愛かったんだが、あのシーンだけは君のことを考えて描いたかな」

「……え？」

「あのラストのコマは、ずっと男として生きてきたヒロインが、自分の殻《から》を破れたことを強調する大事なシーンだったからね。僕が今まで見てきた中でも、女の子の一番可愛い瞬間をイメージしたら、自然とあの日の君が思い浮かんだんだ」

　楪葉は、顔が真っ赤になったのを見られないように背《そむ》けた。

「それって、伊織くんにとっての一番可愛い女の子は、私ってことですか……？」

「うーん。まあ、少なくとも、あのシーンに一番相応《ふさわ》しかったのは、君の姿だったよ」

　この少年は、あくまで創作上の流れを説明したに過ぎないのだろう、恥ずかしさなど微塵《みじん》も見せずに淡々と説明してくるのだ。

楪葉《ゆずりは》は想像を巡らせる。伊織《いおり》にとってマンガを描く最大のモチベーションは、面白いマンガを描くことで読者に楽しんでもらうことだ。

それでは今回の【桜《さくら》ダイヤモンド】を作り上げるに当たって、伊織に一番影響《えいきょう》を与えた『読者』とは誰《だれ》だったのか。

翔太郎《しょうたろう》だろうか。萌黄《もえぎ》だろうか。それとも楪葉のことだったのだろうか。

きっと伊織自身にだって、確かな答えは分からないだろう。

不公平だと思う。楪葉が今回の【スタプリ】を描けたのは、間違いなく伊織の影響だったのに。

でもそれも仕方ない。

だって恋愛は『サスペンス』と『ミステリー』なのだから。

「……もういいです」

「え？　ちょっと待ってよ！　なんなんだよ！」

急に楪葉が前に駆け出したので、伊織は呼び止めようとした。

「……仕方ないから許してあげるって言ってるんです」

くるりとスカートを翻《ひるがえ》しながら、楪葉がこちらに振り返った。

急にご機嫌《きげん》な声色に変わったのもよく分からなかったので、伊織はやはり首を傾《かし》げる。

「……あ」

茜色《あかねいろ》の夕焼けをバックに、楪葉が笑みを浮かべて伊織のことを見つめている。

その姿は【桜《さくら》ダイヤモンド】のラストシーンと重なる。

だが、目の前で微笑《ほほえ》んでいる楪葉の姿は、伊織がマンガの中で描いたヒロインの姿より、もっと活《い》き活《い》きとしていて、魅力的《みりよくてき》なものに思えた。

スケッチする必要がないほどに、そのワンシーンは伊織の脳裏に焼き付く。

「……参ったな」

「どうしました？」

「いや、まだまだ君には敵《かな》わないと思っただけさ」

漫画家《まんがか》としても、『ヒロイン』としても——。

終

あとがき

マンガでもいきなり2巻から読まれる方はいらっしゃらないと思いますので（いらっしゃったらすみません）こうご挨拶《あいさつ》させていただきます。

どうもお久しぶりです。２巻も手に取っていただきありがとうございます。

さてさて、今回は伊織《いおり》に分かりやすいライバルキャラが登場しましたね。なかなかに王道的な展開です。

バトル系の作品なんかでは、黒幕や大ボスの存在が初めのうちは伏せられているパターンと、最初から提示しておいてその前に障害が立ちはだかってくるパターンがあるかと思いますが、本作は後者に当たるでしょう。

何せ、伊織には『杜若王子郎《もりわかおうじろう》』というラスボスが控えていますので。

それにしても楪葉《ゆずりは》は大変ですよね。立ち位置でいえば、メインヒロインであり、もう一人の主人公でもあり、伊織のマンガの師《し》でもあり、ライバルでもあり、ラスボスでもあり……。と、一身に抱えさせられています。荷が重いだろうし、ちょっと可哀相《かわいそう》かもしれませんね。けど、それもこれも全部『マンガの神様』ってやつの仕業《しわざ》でしょう。

ここからは、本書刊行に当たり、お力添えをいただいた方々への御礼《おれい》です。

担当様には今回はプロットの段階から制作にお付き合いいただきました。色々詰め込み過ぎてページ数がえらいことになりかけましたが、軌道修正いただき感謝《かんしや》しております。

Tiv《ティブ》様のイラストが大好きです。ここ最近の一番の楽しみは、描いていただいたイラストを自分の目で初めて見る瞬間《しゆんかん》です。今回もありがとうございます。

そして、こうして2巻目を世にお送り出来たのは、読者の皆様のお蔭《かげ》です。

皆様からのお望みの声がある限りは、3巻、4巻と続けていければなあと思っております。

その際は、楪葉と一緒に『左右田伊織《そうだいおり》』という長編マンガにお付き合いいただければ幸いです。

……日芽《ひめ》へのフォローは今後ということで。

蘇之一行《そのかずゆき》

◉蘇之一行著作リスト

「マンガの神様」（電撃文庫）
「マンガの神様②」（同）

本書に対するご意見、ご感想をお寄せください。

電撃文庫公式ホームページ 読者アンケートフォーム
http://dengekibunko.dengeki.com/
※メニューの「読者アンケート」よりお進みください。

ファンレターあて先
〒102-8584　東京都千代田区富士見1-8-19
アスキー・メディアワークス電撃文庫編集部
「蘇之一行先生」係
「Tiv先生」係

本書は書き下ろしです。

電撃文庫

マンガの神様《かみさま》②

蘇之一行《そのかずゆき》

発　行　2015年7月10日　初版発行

発行者　塚田正晃
発行所　株式会社KADOKAWA
〒102-8177　東京都千代田区富士見2-13-3
プロデュース　アスキー・メディアワークス
〒102-8584　東京都千代田区富士見1-8-19
03-5216-8399（編集）
03-3238-1854（営業）
装丁者　荻窪裕司(META＋MANIERA)
印刷・製本　加藤製版印刷株式会社

ISBN978-4-04-865250-6　C0193　Printed in Japan

電撃文庫　http://dengekibunko.dengeki.com/
株式会社 KADOKAWA　http://www.kadokawa.co.jp/

電撃文庫創刊に際して

文庫は、我が国にとどまらず、世界の書籍の流れのなかで〝小さな巨人〟としての地位を築いてきた。古今東西の名著を、廉価で手に入りやすい形で提供してきたからこそ、人は文庫を自分の師として、また青春の想い出として、語りついできたのである。

その源を、文化的にはドイツのレクラム文庫に求めるにせよ、規模の上でイギリスのペンギンブックスに求めるにせよ、いま文庫は知識人の層の多様化に従って、ますますその意義を大きくしていると言ってよい。

文庫出版の意味するものは、激動の現代のみならず将来にわたって、大きくなることはあっても、小さくなることはないだろう。

「電撃文庫」は、そのように多様化した対象に応え、歴史に耐えうる作品を収録するのはもちろん、新しい世紀を迎えるにあたって、既成の枠をこえる新鮮で強烈なアイ・オープナーたりたい。

その特異さ故に、この存在は、かつて文庫がはじめて出版世界に登場したときと、同じ戸惑いを読書人に与えるかもしれない。

しかし、〈Changing Times,Changing Publishing〉時代は変わって、出版も変わる。時を重ねるなかで、精神の糧として、心の一隅を占めるものとして、次なる文化の担い手の若者たちに確かな評価を得られると信じて、ここに「電撃文庫」を出版する。

1993年6月10日
角川歴彦